涼宮ハルヒの憤慨

谷川 流

角川文庫
21557

目次

編集長★一直線！

「没ね」

　ハルヒはにべもなく言ってのけると、原稿を突き返した。

「ダメですかあ」

　朝比奈さんは悲鳴に似た声を上げ、

「ものすごく考えたんですけど……」

「うん、ダメ。ぜんぜん。なんかこう、ピンとくるもんがないのよね」

　団長机にふんぞり返ったハルヒは、耳の上に差した赤ボールペンを手に取ると、

「まずこの導入部がありきたりすぎるわ。〝昔々あるところに……〟なんて、何の新鮮味もないありふれた書き出しよ。もっとヒネりなさい。冒頭部分はキャッチーにしないとね。ファーストインプレッションが肝心なの」

「でも、」

　朝比奈さんはおずおずと、

「童話っていうのはそういうもんじゃないかと……」

「その発想が古いのよ」

　どこまでも偉そうにハルヒはダメを出す。

「発想の転換が必要なの。あれ、これどっかで聞いたなぁって思ったら、まず逆を考えるわけ。そしたら新しいものが生まれてくるかもしれないじゃない」

　俺たちがどんどん本流から取り残されているような気がするのは、そんなハルヒの思考システムのせいじゃないかね。俊足ランナーを一塁に出してしまったピッチャーの牽制モーションじゃあるまいし、逆をつけばいいってもんでもないと思うが。

「とにかくこれは没」

　わざわざ赤ペンでコピー用紙の原稿の上に「リテイク」と書き入れ、机の横の段ボール箱にひらりと落とした。元はミカンを満載していた箱の中には、今は焼却炉行きが決定している紙屑が山を成している。

「新しいの書いてきてちょうだい」

「うう」

　肩を落とした朝比奈さんがすごすごと自分の席に戻ってくる。非常に可哀想である。鉛筆を握りしめて頭を抱える姿に猛烈な同情心とシンパシーがわく。

　ふと、まったくの無気配を感じてテーブルの隅に目を転じると、そこには部室の風景としては貴重なことに、読書をしていない長門の姿があった。

「…………」

沈黙したままノートパソコンのディスプレイを見つめて凝固する長門だったが、数秒おきにキーボードに触れて何かを打ち込み、また固まってから、パタパタとキーを打つ。で、また置物になる。

長門が触っているのはゲーム対戦の賞品としてコンピュータ研から巻き上げたノートパソコンだ。ちなみに俺と古泉の前にも同じものがあって、大して考えることもなかろうにすでにCPU冷却ファンは頭脳を冷やすべくやかましく回転していた。古泉の指が軽快に動いている様子とキーボードの音がやけに気に障る。こいつはいいよ、書くことが決まっているからな。

機械に対して食わず嫌いを表明する朝比奈さんだけはコピー用紙に自前の字を書き込んでいたが、俺とシンクロしたかのように今はすっかり手が止まっている。

そうとも。書くこともないのに文字なんか打てるか。

「さ、みんなも！」

ハルヒだけが異常に元気だった。

「ちゃっちゃと原稿上げて、編集に取りかからないと製本に間に合わないわよ。ピッチを上げるのピッチを。ちょっと考えればすぐに書けるでしょ？　何も大長編書いて文学賞に応募しようってわけじゃないんだから」

上機嫌なハルヒの顔からは、例によってどこから発生したのか解りようのない自信のみが花咲いていた。今にも虫を食いそうだ。

「キョン、全然手が動いてないわよ。そうやってパソコンの画面を睨んでるだけじゃ文章は生まれないわ。とにかくまず書いてみる、それから印刷してあたしに見せる、でもってあたしが面白いと思えば合格で、そうじゃなきゃ没だからね」

朝比奈さんへの同情は自分自身への憐憫と化した。何だって俺はこんなことをしてないといかんのだ。俺だけじゃない、隣でうんうん呻っている朝比奈さんと、向かいで微笑している古泉も、少しは反逆の狼煙を上げるべきではないのか。

まあ、言っても聞きやしないのが涼宮ハルヒというSOS団団長の特性なのだが、それにしてもどうしてこいつがこんな役柄を勝手にやっているのだろう。

俺の視線は、人の原稿を段ボール箱に叩き込みたくてうずうずしているハルヒの笑顔から、その腕にはまっている腕章へと移動した。

いつもは団長、かつて名探偵とか超監督とか銘打たれていたその腕章には、新しい肩書きがマジックでデカデカと書かれている。

今回はつまり、「編集長」と。

ことの起こりは数日前に遡る。

年度末の足音がヒタヒタと耳を打つ、三学期のある日のことである。少しは予兆でもあればいいものを、それはのどかであるはずの昼休みに突然やってきた。

「呼び出し」

そう言ったのは長門有希である。その横になぜか古泉一樹のすらりとした姿が伴われていた。この二人が並んで俺の教室までやってくるとは、どう考えてもいい予感は一ミクロンもせず、弁当をかき込む作業を中断して廊下までやってきた俺だったが、早くも自分の机に戻りたくなった。

「呼び出しとは？」

今の俺の状態としか思えない。購買からパン数種類とメロンサワーを抱えて帰ってきた谷口が「キョン、お前のツレが来てんぞ」と言うから出て行ったらこの二人が立っていた。意外性あふれるカップリングであるが、長門が誰かと二人きりで行動していたとして、相方に納得がいくような組み合わせなど思いつかないな。

俺は最初に謎の一言を告げてから無表情に立っている宇宙人っ娘を眺め、三秒待ってあきらめてから古泉のハンサム顔を見た。

「説明してもらおうか」

「もちろん、そのつもりで来ましたので」

古泉は首を伸ばして五組の教室をうかがい、

「涼宮さんは、しばらく戻りそうにないですか？」

あいつなら四限が終わるやすぐに飛び出していった。今頃は食堂でテーブルでも齧っているんじゃねえか。

「好都合です。彼女の耳にはあまり入れたくないことなので」

俺の耳にも入って欲しくない情報の予感がする。

「実はですね」

古泉は声を深刻な具合に潜めた。その割には楽しそうだな、お前。

「さて、これを楽しいと思うかどうかは人それぞれですが」

「いいから、早く言え」

「生徒会長から召喚指令が下りました。本日放課後、生徒会室に出頭するようにとの仰せです。ようするに呼び出しですね」

ははあ。

一瞬で納得した。

「ついに来たか」

生徒会長の出頭命令——と聞いて「何でだ？」と思うほど俺は身の程知らずではない。この一年、ＳＯＳ団が校内外問わずに巻き起こした悪行を知らんぷりするには俺は善人すぎるようだ。まず何があったっけな。コンピュータ研からパソコンを巻き上げた事件か？　いや、あれは昨年秋のゲーム対決で片が付いたはずだ。コンピ研が生徒会に出した訴状は敗戦後まもなく部長氏が無条件で取り下げたと聞いている。映画撮影で無茶をやったせいか？　それにしたってずいぶん前だし、文化祭の後に生徒会は改選されたはずだ。今の会長が前会長の積み残した仕事を今になって思い出したとでもいうのか。それとも近所の神社に回ったかもしれない俺たちの人相書きがついに北高まで辿り着いたのか？　初詣にあちこち行きすぎたしな。

「しょうがねえな」

俺は肩をすくめ、主のいない窓際最後尾の机を見やった。

「ハルヒのことだ、大喜びで会長にくってかかるだろう。相手の態度によっては乱闘になるかもしれん。仲裁役は古泉、お前に任せる」

「違います」

古泉は爽やかに否定した。

「呼び出されたのは涼宮さんではありません」

じゃあ俺か？　おいおい、そいつは道理が通らないぜ。いくらハルヒが鯨のヒゲで作ったゼンマイのような反発力を持っているからと言って、まだ話が通じそうな俺を矢面に立たせようとするのは卑怯極まる。生徒会が学校側のラジコン人形なのは知ってるが、そこまで腰抜け揃いだと失望を禁じえない。

「いえ、あなたでもありません」

何が嬉しいのか、古泉はますます爽やかに、

「呼び出しを受けたのは、長門さんただ一人です」

何だと？　ますます不条理じゃないか。何を言っても黙って聞いてくれるだろうから説教する相手としては適任だが、ただしノーコメントを貫き通すだろうことも間違いないので達成感もないと思うぞ。

「長門をか？　生徒会長が？」

「目的語と主語はそれで合ってますよ。そうです、会長さんは長門さんをご指名です」

その長門は自分のこととは思わないような顔でポツンと立っているだけだった。ただ俺の目が発する驚き光線を受け、わずかに前髪を揺れさせた。

「どういうことだ？　生徒会長が長門に何の用がある。まさか生徒会の書記職でも与えようってのか」

「書記ならすでにいますから、もちろん違います」

さっさと言ってくれ。持って回った言い方をするのはお前のDNAにその手の性質が刻まれているからか。

「失礼。では解りやすく言いましょう。長門さんが呼ばれた理由は簡単です。文芸部の活動に関する事情聴取および、部の今後の存続に関する問題について話し合うためです」

「文芸部？　それが——」

何の関係がある、と言いかけて俺はセリフを飲み込んだ。

「…………」

長門は身動きせずに廊下の端を見つめている。

かつて眼鏡がついていた白い顔は表面的にはあの頃と無変化だった。ハルヒに引きずられて飛び込んだ部室で、ゆっくり顔を上げた無表情は今でも忘れがたい。

「なるほどな、文芸部か。そうだったな」

まさしくSOS団は文芸部の部室を長きにわたって根城にすること現在進行形である。そして正式な文芸部員は最初からいた長門だけであり、俺たちは単なる居候、もしくは不法占拠者だ。ハルヒとしてはとっくに占有権を確保したつもりだろうが、生徒会はまた別の普遍的でスタンダードな意見を主張するに違いない。

古泉は俺の表情を読みとったんだろう、

「その話を放課後、会長さんから直々にしようと連絡があったのですよ。まず僕のところにね。長門さんには僕から伝えました」

なぜお前のところなんだ？

「長門さんに言っても無視されそうだったからでしょうね」

そうは言っても、お前も俺と同じくらい文芸部の活動とは無関係だろうが。

「そうなんですが、だからと言って話は簡単にはいきそうにないですね。どちらかと言うと余計に悪いでしょう。部員でもない者が文芸部の部室にいて文芸とはまったく関係ないことに従事しているわけですから、生徒会でなくても不審を覚えて当然……いえ、すでに周知になっているぶん、今までよく見過ごされていたと言うべきです」

もっともなことを言う古泉はどっちの味方だか解らんようなスマイルぶりだった。

そりゃあ俺が執行部だったとしてもイチャモンをつけたくなるかもしれんが、だがなぜ今頃になってなんだよ。ものぐさな家主が雨漏りをなかなか直そうとしないようにSOS団も生徒会から緩やかに無視されているんじゃなかったのか。

「前生徒会はそうしてくれていました。ですが、今の会長は一筋縄ではいかないようですよ」

古泉は白い歯を見せて微笑み、横目で長門に視線を送った。

当然、長門は反応しなかったが、ただ廊下の端から俺の足元に目の焦点を動かした。なんとなく、迷惑をかけてすまないと言っているようでもあった。

そしてもちろん、俺は長門に迷惑をまったく感じていない。決まっている。動くたびに空中に迷惑と呼ぶべきものを振りまいているヤツは俺の知る限りでは一名のみだ。迷惑とは——。

俺は虚空に息を吐き出して言った。

「いつだってハルヒが持ってくるものなのさ」

これからこの部屋が我々の部室よ、とあいつが叫(さけ)んだあの日からな。

「その涼宮さんには内密にお願いします」

と、古泉。

「こじれるだけのように思いますからね。ですので放課後、彼女に見つからないように生徒会室まで来てください」

ああ解った、と言いかけて、危(あや)ういところで気づいた。

「ちょっと待て。どうして俺が行くんだ？　指名されてもないのにノコノコ乗り込むほど俺はお調子者じゃないぞ」

むろん、長門が望むなら同伴(どうはん)するにやぶさかではないが、古泉に頼(たの)まれる筋合いはない。それに、いっそ長門一人で行かせたほうが相手もビビるんじゃないかと思うぞ。

「向こうも心得ていますよ。だから僕がメッセンジャーを拝命することになったのです。このまま長門さんの代理人として全部請(う)け負ってしまってもいいのですが、のちに不都合が発生しては困りますし、そっちのエージェント業務は僕の仕事に入っていません。そうですねえ、平たく言って、あなたは涼宮さんの代理人ですよ」

「ハルヒ本人に行かせればいいじゃないか」

「本気で言ってるんですか？」

古泉は大げさなアクションで目を剥いた。

ヘタな芝居に俺は鼻を鳴らして応答する。ちゃんと解っているというなら俺だって解ってるさ。あんな爆弾女を生徒会に投げ込んだら単なる爆発ですむとは思えん。冬の合宿で見せた長門への気遣いを考えたら、生徒会から長門が呼び出しを喰らった——の「生徒会から長門が」の部分だけで即座にすっ飛んでいき、扉をぶち破って生徒会室に突貫するならまだしも、間違えて職員室か校長室に突撃を敢行するかもしれない。あいつはそれでスッキリするかもしれないが、後で胃を痛めるのは間違いなく俺になる。古泉と違って家庭の事情もないのに転校する気にはなれねえな。

「では、よろしくお願いします」

古泉は最初から俺の回答など解っていたと言いたげな微笑みを浮かべ、

「会長には僕のほうから言っておきます。放課後、会長室で会いましょう」

ハルヒの居ぬ間にを態度で表しつつ、古泉は軽やかに長い足を操って五組教室前から去っていった。その後を追うように遠ざかる長門の小さな姿を見るともなしに見ているうちに、俺はつくづく一年度の終わりを実感し始める。

何だかんだ言って、古泉も長門もSOS団のメンツでいることにすっかり安住しつつあるのかもしれない。仲間同士で共有しつつ、でもハルヒには隠しておくべきことが月単位で増えていく……。

いらない感傷だったんだろうな。

おかげで、どうして古泉が生徒会長の伝書鳩のようなことを普通にしているのか、その疑問に到達することができなかったからだ。


ところで、妙に勘のいいハルヒが俺の挙動不審――そんな意識はまったくなかったのだが――に気づいたのは五限終了時の休み時間だった。

尖ったもので背中をちょいちょいと突かれ、背後の席へ振り返った俺に、

「何をそんなにそわそわしてんの？」

ハルヒはシャーペンを指先で回しながら、

「まるで誰かに呼び出しを喰らったみたいな顔をしてるわよ」

こんな時、虚偽の含有率を百パーセントにしてはならないことを俺は学んでいた。

「ああ、岡部に呼び出されたんだ。昼休みにわざわざ俺んとこまで来て言いやがった」

何喰わぬ顔で答える。

「俺の成績に文句と注文があるらしい。学期末試験の結果次第ではその文句が俺の親にまで届きそうな按配だとよ。進学を考えるなら今のうちに心を入れ替えろとか」

入れ替えようにも心のストックなど俺は持っておらず、ないものを交換することも

できないのだが、しょっちゅう言われていることでもあるのでまんざらデタラメでもない。だいたい谷口も似たようなことを言われていて、情報交換によって得た結論は、我らが担任教師はそれなりに教え子の行く末を心配している割合親身に感じるに足る先生であるということだった。

もっとも、谷口なんかが近くにいるせいで、こいつがのんきにやってんだから俺だって大丈夫だろうと互いに思っているところがあり、今ひとつ緊迫感を覚えるのが薄くもある。まともな成績を保持している国木田のほうがおかしいんじゃないかと思うときがあるくらいだ。

「へえ？」

ハルヒは机に肘を立てて顎を乗せながら、

「あんた、そんなに成績あやしかったっけ。あたしより真面目に授業聞いてるように思ってたけど」

と言いつつ窓の外を眺めている。流れる雲の速度が風の強さを物語っていた。

お前の脳みそと一緒にしないで欲しいね。俺は時空間の歪みも情報爆発もくそったれな灰色空間とも無縁な頭の持ち主だ。ハルヒの破天荒なそれに比べたらミニチュアダックスフント並みの可愛さだぜ。

「聞いてても解らなきゃ時間の無駄にしかならんのさ」

とだけ俺は言っておいた。胸を張って言うことでもないが。

「ふうん？」

ハルヒの目はまだ外の風景に据（す）えられていたが、その物言わぬ窓ガラスに言うように、

「なんなら、あたしが勉強見てあげよっか。別にいいわよ、どうせ授業の繰（く）り返しになるだけだろうけど、リーダーと現国なら授業より解りやすい教え方をする自信があるわ」

ヘタだもん、あいつら、とハルヒは独り言のように呟（つぶや）いて、ちらりと俺を見てすぐに逸（そ）らした。

どう答えたものかと考えていると、

「だってさ、みくるちゃんもバタバタしてるでしょ？　なーんかこの学校、県立のくせに変な感じに進学校気取りだからこの時期、二年生も大変よね。特別補講とか模擬（もぎ）試験とかで大忙（おおいそが）し。せっかく修学旅行があったばかりなのにぶち壊（こわ）しよ。だったら一年のうちに旅行に行かせるべきだわ。文化祭だって秋じゃなくて春にすればいいのよ。そう思わない？」

何やら早口に言って、また雲の流れを観察する風情（ふぜい）である。どうやら俺の返事を待っているようでもあったので、

「そうだな」

俺も雲の観察に同調することにした。

「進級だけは無事にしたいもんだ」

万が一ダブるようなことになって、

「ちわっす、涼宮先輩」

「あ、バカキョン、即行で三色パン買ってきて。料金後払いね」

なんていう日常会話を部室で繰り広げるのは業腹だ。そうならないためにもハルヒに学期末試験の想定問題集を作らせても罰は当たるまい。待てよ、長門を製作スタッフに加えるのもいいな。一部五百円くらいで売りさばけるデキを期待できる。小金持ちくらいにはなれそうだ。悪友のよしみで谷口には優待サービス三割引きで買い取らせてやろう。

「そんなのはダメ」

儲かりそうな提案を、ハルヒは無下に却下した。

「それじゃ本当の学力は身に付かないわ。一時しのぎにしかなんないもの。ちょっとヒネった応用問題を出されたらあわわってなっちゃうわよ。ちゃんと理解した上で知識を積み重ねないと奴らの術中にまんまとハマるだけなの。まあ、安心してちょうだい。半年みっちりやったらあんたでも国木田レベルにしてあげるから」

そこまで燃えてくれなくてもいい。脂汗を垂らしながら解き明かした答えを提出するたびに「違ーう。どうしてこんな簡単なのが解んないの？　バッカバカバカ」と実

に楽しそうに俺の頭を黄色メガホンでどつくハルヒの姿を想像し、何もそんな光景を想像することもなかろうと我ながら思いつつ、

「解らんところを訊くから教えてくれるだけでいい。後は自分でなんとかするさ」

「なんとかなるんだったらとっくになってんじゃないの？」

腹立たしいことをズバリと言ってくれるじゃないか。おう、その通りだとも。

「開き直ってどうすんのよ」

ハルヒは噴き出しそうな唇を正面に向け、ずいと上半身を乗り出した。

「あたしのSOS団から落第生を出すなんて不祥事は許せないんだからね。そんなことになったら生徒会とかがホラ見ろってばかりに文句を言いに来るかもしれないわ。だからっ、つけいる隙を与えないように、あんたにも少しは張り切ってもらわないと困るの。いいわね？」

眉を怒らせながら口元を笑わせるという器用な表情で妙に鋭いセリフを吐いたハルヒは、そのまま俺を睨みつけ、観念した俺が同意を表明するまで睨んでいた。

放課後が来た。

教室を出た俺は職員室に行くフリを装ってハルヒと別れ、そのまま生徒会室へと向

なりと到着する。職員室の隣にあったから目的地擬装のために回り道をすることもなく、すんなりと到着する。

それにしても、いざとなるとやはり若干の緊張感が身体をかすめるね。

生徒会長の顔なんざ全然覚えてないし、文化祭の後にあった生徒会選挙だって適当に眺めていただけだ。そういや講堂で各候補者の演説めいたものを聞かされた覚えはあるが、完全な無党派層となっていた俺は投票用紙に一番ありふれた名前を書いたきり、その名前すら瞬時に忘れていた。どんな奴がなったんだっけ。ともかく現二年生であるのは確かで、会長というからには少しは上級な生徒なのだろう。コンピ研の部長よりは威厳があると思われる。

生徒会室の前でしばらく逡巡していると、

「あれ、キョンくんっ。何してんのっ?」

職員室から出てきた髪の長いお方と鉢合わせすることになった。朝比奈さんのクラスメイトにしてSOS団名誉顧問、ついでにタダ者でないことも今や明確な二年生女子である。

誰に上げる頭があったとしても、この人にだけは下がっちまう。

「ちわっす」

体育会系的なノリで挨拶した俺に、

「あっはは。ちわーっ」

鶴屋（つるや）さんは超（ちょう）のつく笑顔（えがお）で片手を挙げ、つと俺が立っているドアを見つめて、

「なになにっ。生徒会にどんな用事だい？」

その用事とやらをこれから聞きに行くところです。決して俺が生徒会に用があるわけではないのだ。

「ふへえ？」

ハルヒと甲乙（こうおつ）つけがたい潑剌（はつらつ）とした歩き方で近寄った鶴屋さんは、のけぞる俺の耳元に口を寄せてきた。彼女にしては小声で、

「むうう？　ひょっとしてキミ、生徒会のスパイだったのかい？」

至近距離（きより）にある鶴屋さんの笑顔には、多少のシリアススパイスがきいていた。何があっても楽天的なゲラ笑いを忘れないこのお方のものとしては見慣れない表情だ。何か知らんが弁解する必要に駆（か）られる。

「えーとですね……」

何の話っすか、鶴屋さん。俺が誰かの密命を受けたスパイだったら、現在こんな苦労をしているわけがないでしょう。

「それもそうだね」

鶴屋さんはペロリと舌を出して、

「うん、疑ってごめんよっ。いやちょっと小耳に挟んだからさっ。何だか今期の生徒会は裏で暗躍する謎な人たちが蠢いてるって噂、知んない？　この前の会長選挙でも色々やってたらしいのさっ。なんか嘘っぽいけどねっ」

初めて聞いた。しょぼい県立高校の生徒会長選挙にそんな舞台裏があったとは考えにくいから、そりゃデマで合ってるだろう。ハルヒが好みそうな学園陰謀物語ではあるが。

「鶴屋さん」

逆に問いかけてみた。俺の知らざる情報でも彼女なら既知のものとしているかもしれない。

「生徒会長ってどんな人か知ってます？」

ぜひ、その人となりを教えて欲しかったのだが、

「あたしもよくは知らないのさ。違うクラスだしね。なんかエラそうなイイ男で、少しは頭も切れるみたいだよ。三国志で言えば司馬懿みたいな感じがするっさ。なんでも生徒の自主性を高めようってスローガンを打ち出してるらしいよっ。今までの生徒会は絵に描いた菱餅みたいなもんだったからねっ」

高名な歴史的傑物を比喩に出されても咄嗟に実像がつかめなくて困るし、餅の比喩が的確なのかどうかもあやしい。

「ところで鶴屋さんはどうして職員室に？」

「んっ？　あたしは今日の日直だったからっ。週報を届けに来たのさ」

けろりと言った鶴屋さんは、俺の肩をぽんと叩いてわざとのような大声で、

「キョンくんご苦労っ。生徒会とケンカするんだったらあたしも参加させとくれ！　もちろんハルにゃんたちに味方すっからね！」

まことに心強い。しかし、そんなことにはあんまりなって欲しくはない。強敵を発見して有頂天になったハルヒがどんな手管を弄するか、考えるだけで俺の知力が摩耗する。ただでさえ考えるべきことが他にあるような気がしているのに。

じゃねーっ、と手を振りつつ、鶴屋さんは言いたいことだけを言い終えてサクサクと立ち去った。

相も変わらず、こちらが何も言っていないのに核心をついてくるお人である。そのあたりはハルヒに匹敵する発想力の持ち主だ。ハルヒとコンビネーションを組んで同等の威力を発揮できる唯一の北高生だろうな。迷惑団長と違うのは、まだ一般常識を忘れ去っていないというところにある。

しかし、この薄そうな壁と扉から察するに鶴屋さんの最後の一声は内部に筒抜けだと考えていい。彼女のこういうところにハルヒ的な振る舞いが潜んでいるのだが。

ま、腹を決めるしかない。

差し障りのないように、まずは丁寧にノックしてみた。

「入りたまえ」

いきなりそんな声が内側から響いた。入りたまえ、なんて現実に話す人間が高校生の中にいるとはね。しかも洋画の吹き替えでベテラン俳優をアテレコできそうな、やたら渋い声である。

俺は引き戸を開け、生まれて初めて生徒会室とやらに身体を突っ込んだ。

生徒会室は文芸部室よりは多少面積の広さを誇っていたものの、旧館の部室とそんなに違ったところはない。むしろ「会長」とか書かれた三角錐の置かれた専用机がないぶん、俺たちの部室より殺風景だろう。単なる会議室と言えばそれまでだ。

先客となっていた古泉が俺に一礼し、

「どうも。よく来てくれました」

入り口付近で突っ立っているのは、古泉と並んで俺を待っていたらしき長門も同じである。

「…………」

長門は怜悧な視線を窓際に飛ばしていて、その先に会長がいた。

会長……なんだろうな。

背の高い男子生徒であるのは解る。なぜか窓の外を向いており、手を背後で組んだまま微動だにしない。南向きの窓から入る夕日が逆光となってその姿を曖昧なものにしていた。

もう一人、こちらは長テーブルの一角に座っている人影もあった。面を伏せた女子生徒がシャーペン片手に議事録みたいなノートを広げて待機している。この人が書記らしい。

会長はなかなか動こうとしなかった。外の風景の何がそんなに面白いのか、そっからではテニスコートと無人のプールくらいしか見えないはずだが、意味深な沈黙を保っている。

「会長」

適度な間を置いて、古泉が爽快感あふれる声をかけた。

「お呼びになられた人員はこれですべて揃いました。用件をどうぞ」

「よかろう」

会長はゆっくりと振り向き、やっとのことで俺はそいつの面を拝む。やたら細長い眼鏡をかけた二年生である。古泉の安上がりなアイドル顔とはまた違った意味でなかなかのハンサム野郎だ。思惑のすべてを上昇志向で占めていそうな、若手キャリアを思わせる非情そうな気配をその目つきに感じ、反射的にこいつとは仲よくなれそうにないなと思う。

これまた長門とは違った意味での無表情が、

「すでに古泉から聞いていると思うが改めて言っておこう。キミたちに来てもらったのは他でもない。文芸部の活動に関して、生徒会から最後通告をおこなうためだ」

最後も何も、これまで通告なんかあったのか？　あったとしても長門が生徒会からの呼び声に素直に応じたとは思えず、だからこそ俺たちは部室をアジトにできているわけだが。

「…………」

長門の無反応にも頓着せず、会長は無情に言った。

「現在、文芸部は有名無実化している。認めるな？」

部室でひっそり本読んでいるだけではダメか、やっぱ。

「…………」

長門は無言。

「もはや部として機能していないレベルにある」

「…………」

長門は黙々と会長を見ている。

「明確に言おう。我々生徒会は現在の文芸部に存在意義を見いだすことができない。これはあらゆる側面から検討を重ねた結果だ」

「…………」

長門はじっとしているのみ。

「よって、文芸部の無期限休部を通告する。すみやかに部室を引き払いたまえ」

「……………」

長門はどうでもよさそうに黙っている。いるのだが、俺には解る。

「長門くんだったな」

会長は固形のような長門の視線を平然と受け止めながら、

「部員でもない者を部室に置き、何をするでもなく放置していた責任はキミにある。おまけに今年度、文芸部に割り当てられた活動費を何に使用したのかね。あの映画の撮影が文芸部の活動とでも言うのか？　調査資料によれば、例の映画はＳＯＳ団なる非合法組織のプロデュースとクレジットされているだけで、どこにも文芸部の名前はない。だいたいあの映画自体が文化祭実行委員会の許可なく制作されたものだったな」

それを言われるとツライ。古泉と長門には最初から止める意志がなかっただろうから、ハルヒの横暴を止めるのは俺がやるべき仕事だったのだ。無体なヒロインを演じさせられた朝比奈さんのためにも。

「……………」

長門の横顔からはどんな自己主張も感じられない。だがそれは素人の意見だろう。無反応を恭順の印と誤解したか、会長は尊大な態度を崩さない。

「暫時、文芸部は休部措置とし、来年度に新しい部員が入部するまで部室は立ち入り禁止とする。文句があるかね。ならば言ってみるといい。聞くだけは聞いてやろう」

「…………」

長門は髪の毛一本動かしていないが、ひょっとしたらハルヒと朝比奈さんと古泉なら解ったかもしれない。そして、連中が解るようなことなら俺にだってすでに自明となっている。そんくらいは空気で解る。

「…………」

沈黙の中に沈んだ長門は、

静かに怒っているようだった。

「ふむ。反論はなしか」

会長は唇の端をイヤな感じに動かした。ただし冷徹そうな表情自体は変化なく、

「文芸部には長門くん、キミしか部員がいない。事実上の部長だ。キミさえ同意すればただちに我々が部室の保全と異物の排除を開始する。部活に無関係な物は運び出した上で処分するか、こちらで保管することになるだろう。置いてある私物は即刻運び出すことだ」

「待ってくれ」

俺は会長の一方的な宣言を遮った。長門の無言の怒りが臨界点に達する前に、

「突然そんなことを言われても困る。今までほったらかしておいて、この時期にいきなり言い出すのはフェアじゃねえだろ」

「キミこそ何を言っているのだ」

会長は冷たい視線を俺に浴びせ、「フッ」とか口先だけで笑いやがった。

「キミの提出した同好会設立申請書は見せてもらった。悪いが失笑ものだ。あのようないい加減な内容でいちいち同好会を認めていれば、この学校にキリという言葉はなくなる」

いけすかない上に偉ぶった上級生は、眼鏡をついと指で押し上げるという演出じみた仕草をして、

「もっと言葉を学びたまえ。特にキミは学業全般に労力を払うべきだろう。放課後にぬけぬけと遊んでいられるほどの成績を収めているとは思えん」

やっぱりだ。この会長は最初からSOS団潰しを目論んでいる。文芸部云々は単なる口実だ。せめて映画のシナリオを長門に書かせでもしていたら少しはイイワケもできたのに、ハルヒ超監督のやつめ。

「今さら文芸部に入ると言っても無駄だ」

会長は俺にも思いついていなかったことを先回りして言った。

「いいか。仮にキミたちが正式でないにしろ文芸部員としてこの一年間を過ごしていたとしてもだ、文芸部的な活動を何か一つでもしていたとは認めることはできん。いったいキミたちは何をしていたのかね」

会長の眼鏡が無意味に光る。なんの特殊効果だよ。

「これでも大目に見ていたほうだ。SOS団とか言ったか？　無許可でそのようなものを組織し、散々好き勝手してくれたものだ。屋上で花火を打ち上げるばかりか教師を恫喝、扇情的な格好で校内をうろつき、火気厳禁の棟内で鍋料理を作るなど言語道断、本来なら大問題だ。何様のつもりかね、キミたちは」

言っていることが全面的に正しいのは解る。確かに悪かった。せめて一言お伺いを立てるべきだったとも思う。もっとも言ったところで許可してくれたとは思えないが、しかし仰せのままにとはいかねえぞ。

「やり口が汚え」

俺は長門の憤激を肩代わりするつもりで、

「んなもん、直接ハルヒを呼んで言えばいいだろうよ。どうして長門を呼び出して文芸部を潰すようなことをしやがる」

しかし俺の反撃などあらかじめ予測済みだったらしい。

「当然だろう」

会長はまったく動じなかった。格好をつけて腕を組み直し、失態を演じた部下が提出した反省対策書を読み終えたエリート課長のような口調で、

「ＳＯＳ団などというものは校内にないからだ。違ったかね」

正直、そうきたか、と思ったね。

いくら生徒会長や執行部が頑張ってもＳＯＳ団を廃部にすることはできない。なぜなら書類上、そんな団はこの学校に存在しないことになっているからである。ないものをさらになくすることはゼロに何をかけてもゼロになるのと同じくらいの真理だ。ヘタすればマイナスにマイナスをかける結果にならないとも限らず、つっき方を間違えるとどこにすっ飛んでいくか解らないのが涼宮ハルヒという女である。スプリットを狙ってカーブをかけたボールが隣のレーンのピンを十本まとめて粉々にしてしまうくらいに挙動が読めないヤツなのだ。

そんなヤツを直球で攻めても高速ファールを味方のダグアウトに打ち込まれるだけであり、ようするに無駄だ、と判断した生徒会は、まず外堀の埋め立てから計画を立案したのだろう。

すなわち、ＳＯＳ団が不法占拠している旧館部室棟三階、文芸部の部室である。

文芸部を召し上げ、改易に至らせてしまえばSOS団の居場所も自動的に消滅する。俺たちが普通にここにいられるのは、唯一の文芸部員である長門が「いい」と言ってくれたからに他ならず、おそらく「部室貸して」と言われてそう返答するような人間は長門以外にいない。

このまま文芸部が消滅すれば、長門も文芸部員でなくなり、こいつが部室でじっと本を読んでいる日常も消え失せ、我々は五人そろって放課後の行き場をなくすことになる。見事な作戦だった。感心してやってもいい。悪いのはどうやったって俺たちで、長門は割を食った被害者と連帯責任者を兼ねる役割だ。

こちらの旗色が悪いのは俺にも解るだけに反論の理屈を組み立てようがなく、せめてその旗を振っているのがハルヒであって、この会長はそれを解っているかと問いつめるしかないが、当然そんなことも折り込んでの長門招集なのは明らかだ。

そして長門もそろそろ限界のようだった。

「…………」

無言のプレッシャーが小柄なセーラー服姿から室内に広がっている様が手に取るように解る。放っておくとどうなるのだろう。まさか世界を再構築したりはしないだろうが、この会長の記憶をすっ飛ばして操り人形にしてしまうくらいはやっちまうかもしれない。あるいは朝倉にやったみたいな情報操作とやらで会長ごとこの部屋を違うシロモノに変えちまうかもしれない。長門有希が暴走したらどうなんのか、秋の対コンピ研ゲーム合戦を想起せざるを得なかった。

生徒会長は余裕かまして夕日を背に格好つけているが、本当はそんな場合じゃないんだと教えてやるべきかどうか、内心でヒヤヒヤしていると、

「…………」

膨れあがった不可視の気配が無音のまま消え去った。

「ん？」

長門から立ち上っていた（ように感じていた）透明オーラが嘘のように消失している。思わず長門の顔を見ると、瞬きしない視線が会長とは別の人物へと向けられていた。

俺もそっちを見る。

議事録に向かってペンを動かしていた女子生徒、おそらく書記だろうと見当をつけたその二年女子がゆっくり顔を上げたところだった。

「……ええ？」

これは俺のマヌケな声だ。

何でこの人がここにいるんだ。というか瞬時に名前が出てこない……っと思い出した。あれは夏だった。七夕が終わってしばらくしての変な事件。そこで見たものを忘れたわけではないが、どちらかと言えばどうでもよさそうな事件で……。

「どうかしたかね」

会長が機能優先のような声で言い、

「ああ、紹介（しょうかい）がまだだったな。彼女は我が生徒会の執行部筆頭であり、書記をやってくれている――」

女子生徒は緩（ゆる）く髪（かみ）を動かして黙礼（もくれい）する。

「喜緑江美里（きみどりえみり）くんだ」

重厚な効果音とともに巨大（きょだい）カマドウマが脳裏（のうり）に戻（もど）ってきた。

「喜緑さん？」

ＳＯＳ団ウェブサイトの異常から始まり、悩（なや）み相談を経てコンピュータ研部長の無断欠席から異空間へと至った、一連のマヌケでやる気のない出来事の関係者が、まるで素知らぬ顔をして生徒会の一角に食い込んでいた。

喜緑さんは穏（おだ）やかに微笑（ほほえ）み、俺と交差させていた目を長門に振った。少し目が細まったような気がする。おまけに何やら目配せ的なことをしたような気までする。さらに、長門までがシブシブのように小さくうなずいたような気すらした。

なんだ？　この二人の間でどんなテレパシーが生まれたというのか。

考えれば考えるほどおかしかったあの事件。コンピュータ研部長の彼女と言いつつ、部長氏には彼女などいないと本人が教えてくれた。じゃあどういう理屈で喜緑さんは

SOS団に相談を持ちかけてきたのかってことになるが、俺はてっきり長門の仕込みかと思っていた。しかし、こんな場で出くわして長門と見つめ合っているとなると、これはもう偶然とは考えられん。

俺がスツーカ爆撃機の編隊飛行音を聞いたパルチザン少年兵のような恐慌に襲われていると、

バァン——

風船爆弾が破裂したような音が背後から響いた。心臓が肋骨を粉砕して胸から飛び出しそうになる俺を完全に置き去りにして、

「こらぁっ！」

雄叫びを上げて生徒会室の扉を開け放ったその主が放った声は軽々100デシベルを超えていたに違いない。俺の鼓膜をビリビリ振動させるその声はまだまだ続く。

「このヘボ生徒会長！　あたしの忠実な三つのしもべたちをこんなところに閉じこめて何してんのよ！　そのうち何かするだろうと思ってたけど面白そうなことならまずあたしに言わなきゃダメじゃない！　しかも何よ？　あんた、まさか有希をいじめてんの？　キョンならまだいいわ、でも有希なら許さないったら全然許されないわよっ！　ギッタギタに叩きのめしてその窓からプールに投げてやるから！」

子猫を取り上げられた母猫のような剣幕で飛び込んできたのは、あー、そんな該当

者は一人しかいないよな。

振り向くまでもないと了承していたが、俺はそいつが浮かべている顔色を知りたくて振り返った。やっぱりだ。やけに生き生きとしたクラスメイトが、全身から「面白いことを見つけたっ」という喜色を立ち上らせてそこにいる。

「あたしを除け者にするんじゃないわよ。SOS団の最高指導者はあたしなんだからね！」

ハルヒは大口を叩きながら、一瞬にしてラスボスを見抜いた。銀河団をまとめて押し込んだようなデカい瞳が眼鏡を押さえるノッポの人影に向く。

「あんたが生徒会長？　いいわ、サシで勝負といきましょうよ！　団長と会長だからファイトマネーも対等よ。文句はないわよね⁉」

どうして俺たちがここにいることを知ったのか？　という俺の素朴な疑問をとっちらかすように、

「ちょっとキョン！　あんたも黙って見てたんじゃないでしょうね？　生徒会長だからって遠慮することはないわ。みんなで飛びかかってふん縛っちゃえば後はこっちのものよ。あたしが関節をキメるから、あんたは縄を用意しなさい！」

その瞳は今にも溶岩流を噴き出してカルデラを作り出さんばかりに燃え上がっていた。それとは対照的に、

「…………」

長門は頼んでもいない援軍の到着を無視する前線司令官のように動くことなく、休火山のような目で喜緑さんを注視している。

でもって俺は生徒会長に飛びかかったり縄を探しに行く代わりに、闖入者の脅威にさらされている当事者の表情をうかがった。

妙な気配だ。会長は眉間に深いしわを刻み、非難するような目を俺の隣に向けている。そこにいたのは古泉で、どういうわけか小さく首を振ったように見えた。唇に苦笑を張り付かせているが、俺にはこの二人の間で無言のコミュニケートが成立したように感じ、そんなもんを感じたという記憶を消し去りたくなった。

「どういうことよっ！　呼び出すならあたしが最優先でしょうが！　団長のあたしをハミゴにするなんて、あんたらそれでも生徒会なの!?」

「落ち着いてください、涼宮さん」

古泉はさり気なくハルヒの肩に手を添え、

「とりあえず生徒会側の言い分を聞いてみましょう。まだ話は途中だったのですよ」

俺にあやしいアイコンタクトを図ってきた。くそ、解ってなどやるものか。

解っているのはただ一つ、我らが団長ハルヒ閣下が俺たちの窮地に颯爽と駆けつけて、

「こうなったら全面対抗戦よ！　言っとくけど、あたしたちはどんな挑戦でもいつで

もどこでも誰からでも受けて立つんだからね！　SOS団は常勝不敗にして容赦と恐れを知らない猛者ばかりよ。泣いて土下座するまで許してやんないっ！」

どうやら事態をややこしくしそうなことだけだ。

事前に参戦表明してくれた鶴屋さん、激怒寸前にあった長門、おまけに思わぬところから再登場した喜緑さんがここにいて、これだけでももう充分ややこしいのに。

ついでに言えば、古泉と会長にも何やら含むところがある模様である。

「キョン、あんたも何やってんの？　相手は生徒会長よ生徒会長。一番解りやすいあたしたちの敵キャラじゃないの。ここでバトルしないでどこで戦うのよ。もっと毅然とした態度で睨みつけなさい！」

生徒会対SOS団ね……。

できれば回避しておきたかったイベントのスイッチを誰かがどこかで踏んでしまったのだ。まさか俺ではないと思いたい。

怒り狂いながらもなぜか嬉しそうなハルヒを見ながら、今後何をするハメに陥るのだろうかと俺は考えて、どうせロクなことではないという確信が胸の内に渦巻いた。

「やれやれ」

と、まあ、そう呟くしかなかったのも無理はないと思って欲しいね。

そして実際、ロクでもないことにかかり出されることになったわけだ。

団長から編集長にジョブチェンジしたハルヒが俺たち団員を即席作家に任命して小説モドキを書かせるという、まるでスティンガー対空ミサイルでジュピターゴーストを狙わせるような異例の事態になるなんてことにな。


ハルヒは別人に送られた果たし状を横からもぎ取って戦いの場にやって来たケンカっ早いストリートファイターのように、

「さあ、悪徳会長！　どっからでもかかってきなさい。手加減なしのレフェリーストップなし、ロープブレイクなしのナシナシルールでいいわよね!?」

居丈高に声を放って、窓を背に立つ生徒会長にビシっと指を突きつけた。

一方、会長は迷惑そうな顔を隠そうともせず、

「涼宮くん。キミがどんな格闘技を趣味にしているのかは知らないが、私はむざむざ敵が用意した土俵に上がるつもりはない。キミの言うそのルールは野蛮の極致だ。美しくない。だいたい、生徒会としては、いかなる理由があろうと校内での私闘を許可することはできん。わきまえたまえ」

ハルヒは会長の顔からよそ見することなく、

「じゃあ何で勝負する気よ。麻雀にする？　凄腕の代打ちを連れてきてもあたしなら

かまわないわよ。それかパソコンでゲーム対戦はどう？　ちょうどいいのを提供してあげるわ」

「麻雀もゲームもなしだ」

会長はわざとらしく眼鏡を外してハンカチで磨き、またかけ直しながら、

「勝負など最初からするつもりはない。キミたちの遊びに付き合っているヒマなどあるものか」

ハルヒが勇ましく踏み出そうと足を上げたところを、俺が肩をつかんで止めた。

「待てよハルヒ。お前、俺たちがここにいることを誰から聞いたんだ」

尋ねる俺に、闘争心剝き出しの眼光が向いた。

「みくるちゃんに聞いたのよ。みくるちゃんは鶴屋さんから聞いたって言ってたわ。あんたが生徒会長に何かで呼ばれたらしいって聞いてピンと来たの。有希と古泉くんも部室にいなかったしね。ははーん、これはついに生徒会が動き出したんだなってすぐに解ったわ。きっとあたしじゃ負けると思ったから、弱いとこから攻める気なのね。卑怯な小悪党が使いそうな手よ」

小悪党呼ばわりにも会長は動じなかった。うっとうしそうにハルヒを眺めた長身の二年生は、またもや古泉に文句を言いたげな目をやり、

「古泉くん。キミから説明してやりたまえ。私が長門くんを呼んだ理由を」

「承知しました、会長」

のんびり苦笑していた説明好き古泉が、得たりとばかりに口を開きかけたが、

「説明なんかいらないわ」

ハルヒはあっさり断った。

「どうせ文芸部を潰そうとしてイチャモンつけてきたんでしょ。有希が部員でなくなれば部室も使えなくなるもんね。有希は素直ないい娘だから簡単に言いくるめられると思ったんでしょうけど、それが気に入んない。SOS団が目障りなのなら、こそこそ裏から工作しないで正面から言いに来ればいいのよ！」

自分のセリフに自分で激昂するハルヒ。それにしてもやたらと勘のいいところはさすがだった。これでは古泉も解説しようがなくてガッカリだろうと思ってたら、

「説明の手間が省けて助かりました。そういうことなんですよ」

古泉は安堵を装ったような笑顔を崩さずに、

「ですが、話はまだ途中だったのです。おそらく会長さんにもまだ言い足りないことがあるでしょう。いくら何でも、まったくの猶予もなく正式な部である文芸部を休部に追い込むのは無理があります。生徒会にそこまで強権があるとは思えないのですが、いかがでしょう、会長」

結局解説しやがった。白々しい三文芝居を見ている気分だぜと思って見ていると、

会長はますます芝居じみた優等生顔を作った。

「無論、我々生徒会としても無駄な騒ぎにはしたくないところだ。文芸部が文芸部としてまともに活動しているのであれば、そもそも何一つ文句などないのだからな。問題視されているのは、何一つ活動していないというところにある」

「部活動強制停止以外に代案があるということでしょうか」と、すかさず応じる古泉。

「代案ではなく、条件だ」

会長は面倒くさそうに、

「文芸部として何か一つでもいい、早急に活動をしたまえ。そうすれば無期限休部の執行は一時凍結してもよい。部室の存続も認めよう」

ハルヒは上げていた片足を下ろした。ただし、まだ戦闘態勢を維持した顔と声で、

「やけに物わかりがいいわね。ついでにSOS団も認めてくんない？　同好会をすっとばして研究会扱いにしてよ。そうしたら部費も配分されるんだったわよね？」

生徒手帳にはそう書いてあったな。しかしまだ同好会にもなっていない団を二階級特進させるほど会長もヤキが回っていないようで、

「そのような団など私は知らん。正式に存在しない団を部活認定することも、乏しい予算の中から割り当てを生んでやることもできん」

ゆっくり腕を組む会長は、睨んでくるハルヒの視線を普通に受け止めた。虚勢を張

っているわけではない証拠に、会長は冷や汗一つかいていない。この余裕はどこから来るんだ？

「私の前であまり団団言わないでもらいたいものだ。いま話題にしているのは文芸部だ。キミたちが無許可でどんな団を結成していようが知るものか。知りたくもないのに私の耳に届けられたのは、それが文芸部の問題に絡んでいるからだ。これ以上、私を不愉快にしないでいただこう」

だったら放っておいてくれりゃいいのに、どんな回りくどい手を使ってもハルヒが生徒会室に突撃するのは時間の問題だった。今日中には飛び込んでいたに違いない。きっと俺のネクタイをつかんで引きずって行きながらな。

「文芸部の活動だが、当然、何でもいいというわけにはいかん。部室で読書会を開いたり、課題図書の感想文を書く——そんな小学生のような真似をしても認められん。私が認めないからだ」

「何をしろってのの？」

ハルヒは眼光をそのままにして、少し首を傾げる。

「キョン、文芸部って本読む以外に何をするところなの？　あんた知ってる？」

「知らん」

とは、俺の正直な胸の内。そういうことは長門に聞いたほうがいいだろうな。

「条件はただ一つ」

会長は俺たちの会話を無視するように言った。

「機関誌を作ることだ。歴代文芸部はたとえ部員不足に悩まされていたとしても毎年一冊は発行していた、と記録に残っている。目に見える活動として一番解りやすいだろう。文芸部というのは読んで字のごとく、文で芸をする部だ。読んでいるだけでは話にならん」

すると長門はこの一年まったく部員らしいことをしていなかったことになる。読んでるだけだったからな。……この長門は。

思わず頭を振っていた。旧式パソコンの前で困ったような顔をしていた眼鏡の文芸部員のことをこんなところで思い出したくはない。夜見る夢の中に出てくるだけで充分だ。

「不服かね」

俺の仕草を勘違いしたのか、会長は自分のほうがよっぽど不服そうな顔をした。

「これが最低限の譲歩であることを忘れるな。本来なら文化祭時で告知するのが筋だったのだ。ここまで待ってやった私に少しは恩義を感じて欲しい。もっとも、私以外の者ならキミたちを永遠に放っておいたかもしれん」

俺や長門はともかく、ハルヒだけは放っておいて欲しかったぜ。

「そうはいかない。私は学内改革を選挙公約に唱えて生徒会長選を勝ち抜いたのだ。

知っての通り、それまでの生徒会は生徒会とは名ばかりで、そこに生徒の自主性が入る余地はほとんどなかった。職員室で作られた予定に従い、言われたことを真面目にするだけの空気組織だ」

会長は淡々と熱弁を振るう。

「そんな立場からの脱却を私は目指す。生徒が望むなら学食のメニューを増やすことでも購買の内容を充実させることでも、どんな些末なことでも議題にかけ、学校サイドにかけあって実現の道を歩ませようと思っている」

生徒のためにがんばってくれるのは俺もありがたいが、なら一生徒の願いを聞く手始めに『同好会』や『研究部』の他に『団』ってのを認めるところから初めてはどうだろうか。

「私は真面目な改革を謳い文句にしている。そのような不真面目な団を公式に認可すれば、私の名声も地に落ちるだろう。認められるものか」

俺の要望を却下して会長は、

「期限は一週間。一週間後の今日に製本をすませた文芸部会誌を二百部用意してもらおう。さもなければ勧告通り文芸部は休部、部室は明け渡しだ。文句はいっさい受け付けない」

それにしても会誌とはね。文集みたいなものか。

「いいわよ」

ハルヒは簡単に受諾した。それはお前じゃなくて長門が言うべきセリフだぞ。

むろん長門は何も言わず、言いそうにもなかったからハルヒが代わりに言うのもいいのだが、この場の長門の沈黙はいつものダンマリとは毛色が違うように思われる。

「……………」

長門はずっと喜緑さんと向き合って、互いにまったく目をそらしていなかった。長門は無表情、喜緑さんは薄い微笑で。

何だか解らんが幸いなことなのだろう、ハルヒはそこにいるのがSOS団の初にして唯一の依頼人であった喜緑さんであることにまったく気づいていないようだ。会長を睨め付けるのに忙しすぎて書記にまでは気が回っていないらしい。顔を覚えていないのかもしれん。カマドウマを見てないしな。

ハルヒは与えられた命題の解読にかかっている数学者のような顔で、

「会誌、会誌ね。それって同人誌みたいなものでいいの？　小説とかエッセイとかコラムとかポエムとかが書いてあるようなやつよね」

「内容に対しては関知しない」と会長。「印刷室も自由に使いたまえ。何を書こうがキミたちの自由だ。ただし、第二の条件がある。作成した会誌は渡り廊下にテーブルを設置し、その上に置いておけ。無料配布であるのは言うまでもないが、ただ置くだけだ。客寄せや手渡しは許可しない。バニーガールなどもってのほかだ。あくまで無人で放置し、それで三日のうちに全部数が捌けないときはペナルティを科す」

「どんなペナルティ？」

　バツゲームには目のないハルヒが瞳を輝かせて身を乗り出す。

　会長は煩わしそうに、

「その時になったら、おって通達する。だが覚悟しておいてもらいたい。ボランティア活動の供給元はいくらでもある。何度も言うが、これでも譲歩しているほうだ」

　一方的なお家断絶は悲劇的軋轢を発生させるおそれあり、と会長は考えたらしい。赤穂藩の歴史をひもとかなくてもそんくらいは誰でも容易に推測する。ましてや相手はハルヒだった。会長の首一つで満足するとは到底思えない。ヘタすりゃ学校そのものが消し飛ぶ。

　これが妥協か譲歩かは後世の判断に任せるが、ともかく回避手段として生徒会側が提示したのが「機関誌の発行」だ。

　機関誌と言っても古泉の背後関係とはまさしく無関係で、ようするに会誌だ。文芸部発行の。というからには文で芸をする部活動的産物を求められているようなのだが、いったいそれはどのようなものなのか。いったい誰が何を書くのか。いや、それよりハルヒが妙に嬉しそうになっているのをどう見るべきなんだ？

「面白そうじゃないの」

新たな遊びを覚えた子供のような笑みをハルヒは見せつけた。

「機関誌でも会誌でも同人誌でもいいわ。作んなきゃダメって言うんならやってやるわよ。有希のためだし。文芸部がなくなるのも困るもんね。あの部室はもうあたしのもので、あたしは自分のものを取られるのが何よりも嫌いだから」

ハルヒの腕は俺ではなく、長門の襟首に伸びた。

「さ、そうと決まればさっそく打ち合わせに入るわよ。有希、奥付の発行人のところにはあなたの名前をクレジットするわ。もちろん他のことは全部あたしがやってあげるから心配しないで。まずは機関誌とやらの作り方を調べに行きましょう!」

ハルヒは長門の後ろ襟をつかむと、

「…………」

無言で佇んでいた長門をまるで風船か何かのように軽々と引き寄せ、ドカンと音を立ててドアを開くと、そのままライフル弾の初速じみた勢いで走り出す。

俺が振り返ったときには宙に浮いた長門の爪先だけが見えたが、それも一瞬で姿を消して、生徒会室に風のように飛び込んで来たハルヒは、勢力を増した台風となって去っていった。

「騒がしい女だ」

もっともな感想を言った会長が首を振りつつ、傍らのテーブルに目をやった。

「喜緑くん、キミももういい。退席してくれたまえ」

「はい、会長」

喜緑さんは素直にうなずき、議事録を閉じてすうっと立ち上がる。書棚にノートを戻すと会長に軽く会釈して歩き出した。

俺とすれ違い様、彼女はペコリと頭を下げた。そのまま目を合わさずにハルヒが開け放していったドアから出て行く。最後にふわりと翻った髪から、やけにいい香りがした。思わずクラリとくるような。

俺が長門と喜緑さんの関係性について思いをはせていると、会長が鼻を鳴らして言った。

「古泉、ドアを閉めろ」

その口調が先程までとえらく様変わりしているように感じて、俺は会長に目を戻した。

古泉がドアを閉め、施錠までするのを確認した会長は、手近なパイプ椅子を引き寄せると乱暴に腰を下ろし、テーブルの上に足を投げ出した。

何だ？

しかし驚くのはまだ早かった。会長は顔をしかめながら制服のポケットを探り、タバコとライターを出したかと思ったら、ひょいと口にくわえて火をつけ、紫煙をくゆらせ始めたではないか。

どう考えても生徒会長がしていい行為ではなかろう。俺が消防士の放火現場を見つけたような気分になっていると、

「これでいいんだな、古泉」

会長はタバコをくわえたまま眼鏡を外し、ポケットに仕舞う代わりに携帯灰皿を出してきて、

「ちと予定が変わったが、お前の言うとおりにしてやった。俺にアホな真似をさせやがって、まったく面倒くせえ。こっちの身になれってんだ。くそ真面目な声で喋り通すのも疲れんだぜ」

煙を吐いてタバコの灰を灰皿に落とし、会長はそれまで保っていたクールな表情を豹変させた。

「何が生徒会長だ。そんなもんになりたくなかったっつーの。いい迷惑だ。しかもやることと言ったらあの頭のニギヤカな女の相手かよ。なんちゅう下らん仕事だ」

一瞬にしてすっかりヤサぐれた会長は、マズそうにふかしていたタバコを灰皿の縁に押しつけて火を消すと、新たなタバコを捻り出して俺に向けてきた。

「お前もやるか」

「遠慮しておきます」

俺は首を振り、振ったついでに古泉の微笑む横顔に視線を突き刺した。

「この会長はお前の仲間か」

だろうとは思っていた。妙なアイコンタクトしてやがったし、文芸部について話があるなら古泉など通さず長門を直接呼び出せばいいことだ。よく考えるまでもなく、俺まで連れてくる理由など生徒会側にはないはずである。

古泉は俺の視線を受け止め、ひけらかすような笑顔で答える。

「仲間と言えば仲間ですが、新川さんや森さんのような仲間とは意味合いが異なりますね。彼は『機関』に直接所属しているわけではありません」

古泉は二本目のタバコの煙を天井に吹きかけている会長を一瞥し、

「我々の校内協力者です。ある程度の理由を話して、条件付きで協力してもらっているんですよ。僕や森さんたちが内陣だとすると、彼は外陣です」

何人でもいいが、しかし何で生徒会長をこんなのがやってんだ？

「それは僕がけっこうな苦労をした結果と言えます。その気のなかった彼を立候補させ、前生徒会が推薦した最有力候補と票田を争い、多数派工作に明けくれて選挙戦を有利に働かせ、ようやく会長に担ぎ上げることに成功したのですからね。なかなか手間のかかる仕事でしたよ」

呆れる話だ。

「彼を首尾よく会長選挙で当選させるのに、ちょっとした政党が衆院選の解散総選挙の対策費にかけたぶんと同じくらいの費用が必要でした」

呆れを通り越して気力の抜ける話だ。

「その古泉の話によるとだな」

会長は不機嫌に煙を吐きつつ、

「涼宮とかいうバカ女が変なことを思いつく前にだ、あらかじめそれっぽいのが生徒会長になっておく必要があったんだとよ。つうこって、俺は生徒会長っぽい顔をしているってだけでこの役をさせられてるんだ。こんなバカげた話があるか。ダテ眼鏡までかけさせやがって」

もう呆れる以前の話になってきた。

「涼宮さんが思い描く生徒会長像を総合的に検討したところ、この高校で一番ぴったりだったのが彼だったんですよ。この際、資質は問いません。重要なのはルックスと雰囲気なんです」

古泉の説明に不覚にも納得しかけてしまった。

眼鏡をかけた長身のハンサムで、意味もなく尊大そうな上級生。生徒会長という立場を嵩に弱小文化系部にイチャモンをつけてくるハルヒ的悪者のポジションにいる役回り。いかにもハルヒが待ち望んでいたような、手っ取り早い悪役だ。

　だが、ハルヒの思い通りの生徒会長を生み出すのにそんだけ苦労したということは、ハルヒもそんなに万能ではないってことだよな。あいつが本当に全知全能の神様なら、何だって労することもなくやってのけるだろう。お前が苦労して工作したということは、まさしくそうじゃねえか。

「しかし僕たちが奮闘(ふんとう)した結果、涼宮さんの望み通りの会長を生み出したのですから、やはり彼女の願望はオールマイティに実現するということでいいのではないでしょうかね。結果的にその通りになっていますから」

　ああ言えばこう言うやつだ。古泉に口で勝(まさ)るのは鶴屋さんくらいだろう。

　会長はイライラとタバコをもみ消し、

「とにかく古泉。来年は貴様が立候補して生徒会長になれ。涼宮とかが立候補するような事態を防ぎたいと言うなら、今度は自分でやっちまえ」

「さあ、どうしましょうね。僕は割といそがしい身体(からだ)ですし、このごろでは涼宮さんが生徒会長でも問題ないような気がしているんですが」

　大問題だろうよ。ハルヒが自ら学校征服(せいふく)に乗り出したらどうする。なんだか俺たちまで面倒事に巻き込まれそうな予感があるぞ。北高生徒総SOS団化を計画するかもしれん。あいつのことだ、生徒会長にとって生徒全員は自分の部下であるなどと思い込みかねない。学校のすべてが異空間になりそうだ。

まあ、まともな投票をする限りハルヒが生徒会長の座につくとは思えないからそれはいい。俺はまだ北高生たちの常識や良識といったものを信じている。古泉が変な真似をしなければ、たとえどんな選挙活動をしようとハルヒが全校生徒のトップに君臨することはないだろう。

俺は溜息をつきながら、

「つまり古泉、これもお前のシナリオなんだな。文芸部潰しを生徒会が図った——と見せかけて、またあいつの暇つぶしのタネをまいたというわけだ」

「まさしくタネだけですけどね」

古泉は漂ってきた煙を息で飛ばして、

「ここからどうなるのかは未知数です。期日までに会誌が出来上がればよし、もし仕上がらなかったり、条件を満たされなければ……」

ひょいと肩をすくめる。

「その時はその時で、別の遊びを考えましょう。あなたもブレーンの一人に迎えますよ」

オブザーバーとしてなら参加してもいいが、自分が背負い込むことになる問題を自分で出題する立場などゴメンだな。だいたいそんなことをして何の得になる。

「俺が生徒会長をやっているのはだな、」と不良会長。「これはこれで旨味があるからだ。まずは内申点。古泉が俺の説得に使った理由でそれが最大の魅力だ。大学受験を有利にしてやるとお前は言った。忘れてんじゃゃねえだろうな」

「もちろん覚えていますよ。当然、そのように取りはからいます」

会長は怪しい者に職務質問するような目を古泉に向け、ふん、と鼻から息を吐き出し、

「だといいがなぁ。やりたくもない生徒会長など面倒なだけだが、この数ヶ月で多少解ったこともある。今までの生徒会は本当に下らん連中揃いだった。あってもなくてもいいほどだったぜ。ってことは、これからいくらでも弄りようがあるってことだ」

ここで初めて会長は笑みを作った。少々あくどさを感じるものだったが、冷静仮面よりはよほど人間的な表情だ。

「生徒の自主性を重んじる、ってのはいいお題目だ。解釈によってどうとでも取れるからな。特に予算には興味が刺激される。これはこれでなかなかオイシい目にありつけそうだ」

とんだ会長がいたものだ。さすがハルヒの眼鏡にかないそうなのを連れてきただけのことはある。確かに悪党だ。

「少しばかりの職権乱用は認めますが」と古泉もしれっと、「あまり調子に乗らないでくださいよ。いくら我々がフォローするといっても限界がありますからね」

「解っているさ。教師どもに気取られるようなヘタは打たねえし、執行部員の人心掌握も終わっている。うるさいこと言う前生徒会の残党も適当な理由をつけて一掃して

やったしな。俺に楯突く連中はもういねえよ」

この会長が好きになりかけてきた。ロクでもないことを言いつつ、何やら奇妙な求心力を感じる。この男ならついていってもだいじょうぶかという気にもなるのだが……。

不意に鶴屋さんの顔が警告音とともに脳裏に浮かび上がった。廊下で出会った彼女のセリフは今や明快だ。あの鋭敏な第六感を持つ人は、今期の生徒会やこの会長に潜む裏面があることを悟っている。生徒会のスパイ——そりゃ俺じゃなくて古泉でしたよ、鶴屋さん。スパイどころか黒幕でした。

この会長が私腹を肥やそうが悪行三昧しようが別にかまわないが、万が一ハルヒがそれに気づいたりしたら即座にリコールを企てて次期会長に鶴屋さんを推薦するかもしれない。そして鶴屋さんも大笑いしながら共に突進するような気がする。そうなれば自動的に俺も古泉もハルヒサイドにつくことになり、会長は失脚だ。

やっぱり陰ながら活躍を祈らせてもらうだけにするよ、会長さん。俺たちの見えないところで何なりとやっておいてくれ。

まあ俺が言わずともそうするつもりだろうし、ちょくちょくハルヒにちょっかいをかけてくる役を演じるのだろうが、つつく角度だけは間違えないで欲しいものだ。

古泉と肩を並べて生徒会室を出て、部室に戻る校内を歩きながら、俺は尋ねておかねばならないことを思い出した。

「会長にお前の息がかかっていることはよく解った。それで書記のほうはどうなんだ？　あの喜緑さんは、彼女もお前の協力者か？」

「違います」

古泉は何でもなさそうに、

「喜緑さんはいつのまにか書記のポストに就いていました。本当に気づいたらそこにいたので、それまでまったく気づかなかったくらいですよ。現生徒会の初期段階では別の生徒が書記に任命されていたような気もするんですけどね。後から調べてみたところ、すべての文書記録には最初から彼女が書記であったかのように記載されていました。記憶もです。会長を含めて誰一人疑問を持っていません。改竄されたのだとしても常識外の改竄です」

常識外ならもっと驚きを持って話したらどうだ。

「その程度で驚いていては、もっと驚くべきことが起こった瞬間に心停止するかもしれませんね」

悠々と歩きながら古泉は廊下の窓へと顔を向け、

「喜緑江美里さんは長門さんのお仲間ですよ。まず間違いなくね」

そうだろうなとは思ったさ。カマドウマの時に依頼に来た喜緑さん、あれはあまりに都合がよすぎた。それだけなら長門が全部根回ししてくれたんだと納得してもよかったが、今回の様子からしてさっきの出会いは偶然じゃなかろう。どのくらいの仲間なのかが気がかりなんだ。

「朝倉涼子のこともありますしね。しかしその点はそう心配することもないでしょう。喜緑さんと長門さんは割合に近い関係にあるようです。少なくとも敵対はしていません」

なぜ解る。仲がよさそうには見えなかったぜ。悪くもなさそうだが。

「我々『機関』の情報収集能力を少しは評価してもらいたいですね。多いとは言えませんが、『機関』は長門さんと同様のTFEI何人かと接触し、意思の疎通を図っています。彼らは決して協力的ではないものの、会話の断片から推論を働かせることができます。どうやら喜緑さんは情報統合思念体の内でも長門さんとは別の流派から派遣されているらしい。しかし朝倉涼子と違い、攻撃的でないことも解っています」

こんなことを世間話のように言う古泉も聞いている俺もどうかという気はするが、今に始まったことでもないから俺も古泉も気にしたりはしない。

にしても宇宙人にも色々あるのは知ってたが、それが喜緑さんだったとはな。生徒会室で怒り心頭化していた長門を諫めたような気配からして、穏便な一派なんだろう。

「たぶんね。彼女を過剰に意識する必要はないと判断しています。僕が思うに、喜緑さんは長門さんのお目付役ですよ。いつからなのかは知りませんが、今はそのような役割に落ち着いているようです」

古泉は遠足で山を登っている最中のような声で言い、俺もそれ以上追及しなかった。

長門に関しては俺の中にも思い出がいろいろある。それは出来れば秘めておきたいことのほうが多い。いくらＳＯＳ団の一員とはいえ、古泉に何度も説明してやるものでもないさ。一人で思い出すだけなら何度でも記憶を再生してやるんだが。

なんとなく黙りこくって俺は部室棟への歩みを早め、古泉も口を閉ざしてついてくる。

矢継ぎ早にヘンテコな情報をインプットすると、どうしても後から聞いたほうが残存する。

だから、忘れていたわけじゃないんだ。

長門をかっさらうようにして飛び出していったハルヒが中にいるだろうってことを。ただちょっとぼんやり考え事をしていただけさ。アウトローな生徒会長とか喜緑さんのこととか。

文芸部のドアを開けた俺は、ハルヒの一喝によって白昼夢から戻された。

「遅いわよ、キョン！　古泉くんもっ。何してたの？　もう、時間は限られているのよ！　手早く取りかからないとダメじゃないの！」

非常に嬉しそうなのは今に限ったことではなく、何でもいいからゴール地点のある目標を目指すと決めたハルヒは必ずこんな顔をするのである。

「文芸部が作ったっていう会誌を必死になって探しちゃったわ。有希に聞いても知らないって言うしさ」

その長門はテーブルの隅っこでポツンと席に着いている。じいっと見つめているのは、コンピュータ研が置いていったノートパソコンの画面だった。

「あのぅ……」

困っている顔の朝比奈さんがメイド衣装でもじもじと立っている。

「本を作るんですか？　あたしたちがですか？　その、どんなのを書けばいいんでしょうか……」

これも忘れていたわけじゃないんだ。生徒会長に言われた文芸部の会誌作りをハルヒは丸飲みした。それは長門のためである。長門は唯一の文芸部員で、実はそれ以外のメンツは部外者にもかかわらず部室を占有している学内非合法組織のメンバーであり、しかしそんな団の団長がオーケーしてしまったからには会誌作りはSOS団の連帯責任となり、つまり責任の一端は確実に俺の頭上から降り注ぎ、会誌というのは誰かが何かを書かねば成立しないものである以上、その誰かとは俺を含めた団員以外にいなかった。

「さあ、これを引いてちょうだい」

折りたたんだ紙切れが四つ、ハルヒの掌の上に載せられていた。教室で席替えするときのような紙のクジ。いったいこのクジで何を決めるのかといぶかりながらも俺はその一つを指で摘んだ。途端にニヤリとするハルヒ。

古泉が面白そうに、朝比奈さんはビクビクと紙切れを手に取り、ハルヒは最後のクジを長門に渡すと、

「そこに書いてあるものを書いてちょうだい。それを会誌に載せるから。そうと決まったからには早く席について！　執筆に入ってちょうだい！」

俺はイヤな予感に頭頂部を貫かれながら、ノートの切れ端で作られた紙のクジを開いていく。ハルヒの文字が活け作りされたばかりの魚のように躍っていた。

「恋愛小説」

口に出して読み上げてみた。そしてすぐさま悩みに入る。恋愛小説だって？　俺が？　そんなものを書くのか？

「そうよ」

と、ハルヒが人の弱みに付け込む策略家のような笑みで、

「公明正大なクジ引きで決まったことよ。文句はいっさい受け付けないわ。さあ、何してんのよ、キョン。さっさとパソコンの前に移動しなさいよ」

見ると、テーブルには人数分のノートパソコンが置かれて起動状態にあった。用意

がいいのは手間がかからなくていいのだが、書けと言われてほいさっさと書けるか。

自分が手にしている紙切れをピンの抜けた手榴弾のように思いつつ、

「古泉、お前は何だった？」

できれば交換して欲しいと思ったあげくの救いを求める問いかけだったのだが、

「ミステリー……とありますね」

古泉はもとの爽やかスマイルで答え、特に困った顔をしていない。例によって困り顔の朝比奈さんが、

「あたしは、童話です。童話っていうのは子供向けの、ええと寝付きをよくするためのお話でいいんでしょうか？」

俺に聞かれても答えようがない。しかしミステリーに童話か。恋愛小説とどっちがマシだ？

俺は長門に目を向ける。静かに紙切れを開いていた長門は、俺の視線に気づくとヒラリと手首を返してハルヒの元気文字を見せてくれた。そこには「幻想ホラー」とある。

幻想ホラーとミステリーの違いがよく解らないが、

「少なくとも恋愛小説でなくてホッとしました。それはちょっと、僕には書けそうにありませんから」

古泉は俺の神経を逆なでするようなことを言い、あからさまに安堵しているようだ

った。どうして安心できるのかコツを知りたい。

「簡単ですよ。僕の場合、去年の夏か冬におこなったミステリゲームを、あたかも本当の事件であったかのようにノベライズすればいいのです。もともとあれは僕のシナリオでしたから」

涼しい顔で古泉はテーブルに向かい、余裕の顔つきでノートパソコンを操作し始める。長門は液晶に目を落としたままピクリともしていない。幻想ホラーとは何かと思案しているのかもしれないし、喜緑さんのことを考えているのかもしれなかった。

何の説明もなかったのだろう、朝比奈さんは目の中にハテナマークを散らしておろおろするばかりであり、それは俺もそうだった。よく考えてみよう。紙切れのクジは四つだった。ＳＯＳ団は総勢五人である。

「ハルヒ」

俺は、笑気ガスを吸い込んだ仁王像のように立っている団長に、

「お前は何を書くんだ？」

「そりゃ、何かは書くわよ」

ハルヒは団長机に座ると、置いてあった腕章を取り上げた。

「でもね、あたしにはもっと大切な仕事があんの。いい？　本を作るには色々な作業があるらしいの。監督する人がいるわけよ。あたしがそれをやってあげようっていうの」

すちゃっと腕章を装着したハルヒは、傲然と胸を反らして言い放った。

「今日から一週間、あたしは団長であることを一時封印するわ。ここは文芸部なんだから、違う役職のほうがふさわしいからね」

燦然と輝く新しい腕章がすべてを物語っていた。

こうしてハルヒは勝手に自分を編集長に自選し、途方に暮れる俺と朝比奈さんを無視して怪気炎を上げた。

「さあみんな！　キリキリ働きなさい！　四の五の言わずにとにかく書くの。面白いものをね」

ハルヒは団長席にふんぞり返って、哀れな団員たちを睥睨した。

「もちろん、あたしが面白いと思うものじゃなきゃダメよ」

というわけで——。

その日から一週間、文芸部の部室に常駐する俺たちは、やにわに文芸部的な活動にいそしむことになった。

健気さの最先端を走っているのは朝比奈さんだった。童話に決まったのは彼女らしくていいのだが、いきなり書けと言われてすんなり書けるようなら誰だって簡単に童話作家になれる。

　それでも朝比奈さんは努力家だった。図書室から借り出してきた本をテーブルに山積みにして真剣な顔で読みつつ、ところどころにポストイットを貼り付けつつ、せっせと鉛筆を動かしている。

　いっぽうのハルヒは漫画研究部から資料として借りてきた同人誌を眺めてニヤニヤしているか、団長机のデスクトップパソコンでネットをさまよっているかがメインの仕事になっていた。

　朝比奈さんは着々と原稿を提出し、ハルヒは着々と没にし続ける。

「うーん」

　ハルヒはもっともらしく呻りながら、へろへろになった朝比奈さんが出してきた何度目かの原稿を読み終え、

「だいぶマシになってきたけど、やっぱりインパクトに欠けるわねえ。そうだわ、みくるちゃん、挿絵をつけてみなさいよ。絵本みたいな感じにするわけ。パッと見て見栄えもよくなるし、文章だけじゃ出せない味も出てくるわ」

「絵ですかあ」

　さらなる無理難題に朝比奈さんは泣きそうである。しかしハルヒ編集長が一度言い出したことを覆すのは並大抵のことではなく、朝比奈さんは今度はこしこしと絵を描

くはめに陥った。

これまた生真面目な朝比奈さんは、美術部に出かけてデッサンのレクチャーを受けたり、漫研まで出向いて四コマの描き方を学んだりと、何もそこまでせんでもと言いたくなるほどのがんばりを見せ、当然お茶を淹れる余裕もないため、しばらく俺は自分か古泉の淹れた味もそっけもない緑茶を黙々飲みつつ、ただ時間を無為に過ごしていた。

よりにもよって恋愛小説はないだろうよ。猫の観察日記ならネタがいくらでもあるんだが。

快調に筆が進んでいるのは古泉のみで、長門ですらたまにキーを押すくらい。ゲーム対戦の高速タッチタイピングが嘘のようだが、どうやら頭にある情報を言葉に置き換えるのはあまり得意ではないらしい。無口なのはそのあたりに理由の一片があったのかと思い始め、それでも長門の書く幻想ホラーとやらに興味を引かれてディスプレイを覗き込むと、

「…………」

長門はすっとノートパソコンを横に向け、俺の目からディスプレイを守って無表情に見上げてきた。

いいじゃないか、少しくらい。

「だめ」

長門はポツリと言い、俺が覗こうするたびにパソコンの角度を絶妙なタイミングでさっと変える。何度試しても無理だった。ちょっと面白くなりかけていた俺は、しばらく長門の後ろで反復横跳びをしてみたが、反射神経で長門に勝ることはできず、ついに、

「…………」

無言の視線を直角に刺してくる長門にあっさり撃退されるに至った。俺は自分の席に戻り、一文字も書けていないワープロソフトの白い画面を監視する作業に移り――。

まあ、ここんとこ部室で繰り広げられるのは、そんな感じの数日間だ。


いささか手詰まりになってきたので、ややフライング気味になるが、ここで気分転換もかねて朝比奈さんの童話絵本を先取りして紹介しておこう。

編集長ハルヒによって没の連続にあい、絵をつけることを命じられ、悩み続けた朝比奈さんの作品は、言葉選びに四苦八苦する様を見かねた俺の助言に加え、ついには編集長自らの手で加筆修正されて完成した。

まあ、とりあえず御覧いただこう。

そんなに昔のことじゃないんですけど、今よりは前にあったお話です。

とある小さな国の森の奥深くに、一軒の山小屋がありました。

そこでは白雪姫が七人のこびとさんといっしょに住んでいました。

その白雪姫は追い出されたんじゃなくて、自分でお城を家出して来たのです。

お城の生活はあんまり面白くなかったみたいです。小さな国でしたが彼女もお姫様なので、ゆくゆくは政略結婚の道具にされるのが決まってました。そんなのイヤですよね。白雪姫もそうだったんです。

だけど森の暮らしもだんだん飽きてきます。

こびとさんたちのおかげで衣食住に困ることはありませんでしたし、森の動物たちとはすっかり仲良しになりましたが、お城はお城であれでよかったのかな、と思うようになりました。

わがまま言って飛び出してきたけど、お城にいたのはいい人ばかりでした。政略結婚もしかたがないのです。群雄が割拠するその時代、小国が生き延びるには強いところに人質を送って同盟を結んでおかないといけません。

同じころ、森の近くにある海で泳いでいた人魚が、難破した船から投げ出された王子様を助けていました。

人魚は王子様を岸まで運びますが、気絶した王子様はずっと眠り続けています。何をしても起きません。困った人魚は白雪姫のところにつれて行くことにしました。白雪姫とは彼女が森に来たときから友達づきあいをしていました。人魚は白雪姫から「面白いものを見つけたら持ってくるように」と言われていたことを思い出したのです。

人魚は人のいい魔女さんに尾ビレを足に変えてもらうと、意識を失った王子様をこびとさんの小屋まで背負っていきました。

人魚のつれてきた王子様を見ても、白雪姫はあまり喜びませんでした。彼女の思う面白いものとはちょっと違っていたからです。眠り続けたままの王子様は面白いことをしてくれませんし……。

それでも最初のうちは看病することが面白かったのですが、白雪姫はやっぱりだんだんつまらなくなってきます。だって全然目を覚ましません。寝顔を見ているのも飽きちゃいました。

強く叩いたら起きるかしら、と考え始めていたとき、白雪姫のもとにお城から急使が来ました。

その使者は言いました。隣の大帝国がとつぜん大軍を動員して国境を越え、お城を包囲してしまった、このままでは遠からず陥落する、いやもう陥落したころだろう、と。

大変です。

それを聞いた白雪姫は、いつまで待っても起きない王子様の看病を人魚に任せると、七人のこびとさんをつれて森を出ました。まず向かったところは険しい山です。そこには世捨て人となった軍師さんが一人で住んでました。本当なら三回訪ねないと仲間になってくれないのですが、白雪姫はこびとさんたちに命じて軍師さんを捕まえさせ、参謀長に任命しました。軍師さんは苦笑いしてましたが、

「まあ、いいでしょう」と言って白雪姫に忠誠を誓います。

こうして合計九人となった白雪姫一行は、山を下りるや否や帝国軍がまだ来ていない町や村をめぐって義勇兵を募りました。大帝国の軍勢をやっつけるには全然足りない数しか集まりませんでしたけど、白雪姫は反帝国の旗印を掲げてお城を目指します。迎撃に来た帝国軍を次々打ち負かし、各地で連戦連勝して、ついにお城を奪回、撤退した帝国軍を追撃して壊滅させると、そこから逆侵攻してあっというまに帝国を滅ぼし、自分の国の領土にしてしまいました。びっくりです。

それだけで終わらなかったんです。白雪姫と軍師さんと七人のこびとさんたちは、大軍を結成して大陸全土を駆けめぐり、いろんな戦略や陰謀をつかって大陸

を統一してしまいました。戦国の時代が終わり、平和な天下泰平の世が訪れました。もうすることがなくなった白雪姫は、あとのことを軍師さんに任せて森に帰ることにしました。政略結婚の心配はなくなりましたけど、お城に戻っても退屈な毎日です。それなら森で自由に遊ぶほうがよかったのです。

七人のこびとさんと小屋に戻った白雪姫は、王子様がまだ眠り続けているのを見てびっくりします。すっかり忘れていたのです。

あ、その間、人魚はちゃんと王子様の看病をしてましたよ。

白雪姫は森の熊さんがお見舞いに持ってきていたリンゴを握ると、それで王子様の頭を叩きました。

「いつまで寝てるのよ、さっさと起きなさい」

王子様が目を覚ましたのは、それから三日後のことだったそうです。

その後の皆さんがどうなったのか、まだ誰も知りません。

でも、きっと、みんな幸せになったと思います。そうだったらいいなと思います。

……何というか、朝比奈さんらしいと言うか、昔話をごちゃごちゃにして戦記物を混ぜ込んだような寓話だが、必死な感じだけは我が事のように伝わってくる。これだけやってくれたらもう充分だ。どの辺にハルヒの手が入っているかは想像に任せよう。

さて、朝比奈さんの心配はいいとして、問題は俺に与えられた課題が未だ手つかずなところである。だいたい俺に小説を書けってのが最初からして無理筋で、しかも恋愛がテーマときた日には、これはもう無理を通り越して見知らぬ概念の世界だ。どうしたものだろうね。

その一方で、意外にもハルヒは割に編集長らしい活動に従事していた。

俺たち四人分の原稿ではページ数が不足する、バラエティにも欠けると言い出したハルヒは、とうとうライターを外注募集する手段に出たのである。

まっ先に餌食となったのは谷口と国木田で、続いて鶴屋さんとコンピュータ研部長がハルヒの設定した締め切りを抱える身分となった。

ハルヒ的にはその全員が準団員みたいなものになっているらしいが、文芸部とはまったくの無関係だろうに。

しかし俺に同情するヒマはなく、むしろ俺が書かされる負担が消えてくれたらそのほうがいい。ハルヒが俺の文章的逃亡を見逃してくれるとは思えないが。

悪ぶった生徒会長の設定した期限がこくこくと迫る中、谷口の上げる、「何で俺が面白日常エッセイなんかを書かんといかんのだ！」という怨嗟の声と、「まあまあ谷口。僕の科目別役立ち学習コラム十二本よりマシじゃないか」という国木田の悠長な声を耳に突き刺しながら朝のホームルームを待っていたある日。

俺より遅れて登校してきたハルヒは、おはようも言わずにコピー用紙を突きつけた。

「何だよ」

「昨日、帰り際に有希が出してきた原稿よ」

ハルヒは外れた歯の詰め物を歯磨き粉と一緒に飲み込んだような顔をして、

「もらってから家でもじっくり読んでみたんだけど、なんだか変な小説なのよ。幻想的だしホラーと言えばホラーだけど、評価に困っちゃうわ。分量もショートショートくらいしかないしね。ちょっと、あんた読んでみてよ」

言われずとも長門の書く文章ならいくらでも読んでみたいさ。

俺はハルヒからコピー用紙を受け取ると、印字された文章を目で追い始めた。

『無題1』　長門有希

自分は幽霊だ、と言う少女に出会ったのは××××ほど前のことだった。

私が彼女に名を問うと、彼女は「名前はありません」と答えた。「名前がないから、幽霊なのです。あなたも同じでしょう」そう言って少女は笑った。

そうだった。私も幽霊だったのだ。幽霊と会話できる存在がいるとしたら、その存在も幽霊なのである。今の私のように。

「それでは行きましょう」

彼女が言うので、私もついていく。少女の足取りは軽く、まるで生きているように見えた。

「どこへでも行くことはできます。あなたの行きたい場所はどこですか？」

私はしばらく考え込んだ。どこへ行くのかと尋ねた私に、少女は足を止めて振り向いた。私はどこに行こうとしていたのだろう。ここはどこだろう。なぜ私はここにいるのだろう。

ただ立ちつくす私は、少女の暗い瞳を見つめるしかなかった。

「×××へ行こうと思っていたのではないですか？」

解答を出したのは少女だった。その言葉を聞いてようやく、私は自分の役割を知った。そうだ。私はそこに行こうとしていたのだ。どうして忘れていたのだろう。こんなに重要な事柄を、私が生きて存在するその意義を。

忘れてはいけないことだったはずなのに。

「では、もういいですね」

少女は嬉しそうに微笑んだ。私は頷いて、彼女に感謝の言葉を述べた。

「さようなら」

　少女は消えて、私は残された。彼女は彼女の場所へと戻ったのだろう。私が私の場所へ戻ろうとしているように。

　空から白いものが落ちてきた。たくさんの、小さな、不安定な、水の結晶。それらは地表に落ちて消えゆく。

時空に溢れている奇蹟の一つだった。この世界には奇蹟がありふれている。私はずっと立ち止まっていた。時間の経過は意味をなさなくなっていた。

綿を連ねるような奇蹟は後から後から降り続く。

　これを私の名前としよう。

　そう思い、思ったことで私は幽霊でなくなった。

「はうむ……？」

　そこまで読んで顔を上げた。

　朝のホームルーム前、級友どもがちゃくちゃくとやってくるいつもの風景が教室内に広がっている。これもいつもならハルヒは俺の真後ろの席で窓の外を眺めているか、シャーペンで俺の背中をつっついたりしているのだが、この時のハルヒは首を伸ばして俺の手元をのぞき込み、困ったような、それでいて考え込むような顔で俺が持つコピー用紙の文字を目で追っていた。

まあ、俺もハルヒと似たり寄ったりの顔をしていることだろう。

そうなるだけのものが書いてあったからな。朝一番に読まされるには、少々難解すぎるような気がするぜ。

確か、長門が引いたクジには『幻想ホラー』とあったはずだ。

俺は長門の小説から上げた目を、横にあったハルヒの横顔に向けた。

「おいハルヒ、俺は幻想にもホラーにも明るくないが、最近の幻想ホラーとはこういうものなのか？」

「あたしもよく知らないわ」

ハルヒは顎に手をかけて、判断に困るものを書いてきた作家を前にした編集者のように首を傾げた。

「幻想的だとは思うけど、ちっともホラーじゃないわよね。でも、うーん。有希らしいと言えばそんな感じ？　ひょっとしたら、有希はそういうのが恐いのかもしんないしさ」

長門が恐怖を感じる対象なんかがあるとしたら、俺にしてみりゃ最大最凶の恐怖となるだろう。さすがにそんなもんには出てきて欲しくないな。たとえ小説の中であろうと。

「ところで、お前」

俺はハルヒの困惑顔を新鮮な思いで眺めつつ、

「幻想ホラーが何かも知らんのに、そんなもんを書かせようとしたのか。少しは考えてジャンルを決定しろよ」

「考えたわよ。少しね」

ハルヒは俺の手から一枚目のコピー用紙を取り上げて、

「ただのホラーじゃ面白くないと思ったから幻想をつけたの。クジに書いたあのジャンルだって熟慮した結果よ。ミステリーと童話と恋愛小説——ときたら、あとはホラーでしょ」

SFが抜けてるぜ。それにそのジャンル選定に三秒以上考えたとは思えんな。適当に思いついた順に書き殴っただけだろう。

ハルヒは小さく笑い、

「できるだけミスキャストで変なのを書かせようと思っただけよ。SFなら有希が得意そうだし、それじゃつまんないでしょ?」

思わずギクリとし、俺は見えざる手で胸をなで下ろした。それがSFになるのかどうかはともかく、長門なら宇宙的なものをさらりと書いてしまうかもしれない。なんせ宇宙人だ。もしやハルヒが気づいているのかと思ったのだが、長門の蔵書内にSFが数多く含まれていることはハルヒにも自明だから、こいつが長門の得意分野を知っていても不思議はない。

いや待てよ。だったらミステリだって似たようなもののはずだが。

「うん、できればみくるちゃんかあんたにミステリー書いて欲しかったわ。どんな突拍子もないものを出してくるのか興味があったから。SFだと突拍子なさすぎても何だって許されるところがあるもん、だからよ。断腸の思いで削ったわけ」

それは偏見だろうと言い返したいところだったが、今さらクジ引きの内容や結果にイチャモンをつけても時間はリセットされない。目下のところ俺の義務となっている『恋愛小説』なる執筆命令が解除されることもないだろうし、ついでに言えば、ミステリーも童話も幻想ホラーも俺には書けそうになく、かといって恋愛小説ならマシというわけでもない。ただ、SFならばちょっとは経験則がいかせたかもな。もっとも、俺の実体験をそのままハルヒ編集長に教えてやろうとは思わないが。

ハルヒは長門の幻想ホラー　S　Sをひらひらさせながら、

「ま、古泉くんにミステリーが当たってよかったわ。やっぱ、最低一個くらいはまともに読めるものがないと会誌になりそうにないしさ。奇をてらってばかりいると読者に逃げられちゃうもんね」

　こいつ、文芸部会誌をこのまま定期刊行化させるつもりじゃねえだろうな。今回のこれはあくまで生徒会長の陰謀をくじくための緊急措置だ。思い出させてやる必要があるかもしれない。ＳＯＳ団は文芸部を同梱しているのではなく、文芸部に寄生しているだけなんだぜ。

「わかってるわよ、それくらい。あんたに教わることなんか学校の内外を問わず何一つ思いつかないくらいよ。なぜならあたしは団長で、あんたは団員その一だからね」

　ハルヒはじろりと俺に視線を浴びせ、

「そんなことはいいのよ。有希の小説には続きがあるの。二枚目も読んでちょうだい」

　俺は自分の手に残っていたコピー用紙に目を落とし、長門の手書きかと思うくらいに綺麗な明朝体で印字された文章を読み始めた。

『無題２』　長門有希

　その時まで、私は一人ではなかった。多くの私がいる。集合の中に私もいた。氷のように共にいた仲間たちは、そのうち水のように広がり、ついには蒸気のように拡散した。

その蒸気の一粒子が私だった。

私はどこにでも行くことが出来た。様々な場所に行き、様々なものを見た。しかし私は学ばない。見るだけの行為、それだけが私に許された機能だ。

長い間、私はそうしていた。時間は無意味。偽りの世界ではすべての現象は意味を持たない。

しかし、やがて私は意味を見つけた。存在の証明。

物質と物質は引きつけ合う。それは正しいこと。私が引き寄せられたのも、それがカタチを持っていたからだ。

光と闇と矛盾と常識。私は出会い、それぞれと交わった。私にその機能はないが、そうしてもよいかもしれないことだった。

仮に許されるなら、私はそうするだろう。

待ち続ける私に、奇蹟は降りかかるだろうか。

ほんのちっぽけな奇蹟。

二枚目はこれで終わっていた。

「ううむ……」

俺は首をひねりつつ、何度となく読み返す。ホラーでもなければ幻想ホラーともいいがたく、どうも小説ですらないような気もするが、あえてどちらかと言えば私小説っぽい。あるいは何かの感想か、単に思いついた言葉を並べ立てただけのようにも思える。

長門の小説か……。

読みながら、俺は別のことを考えていた。どうやっても忘れることなどできそうにない、あの去年の十二月のこと。そして、あの中身が違ってしまった長門のことをだ。あの時、文芸部にいた長門なら、ひょっとしたら小説を書いていたのかもしれない。旧式のパソコンで、たった一人の部室の中で……。

俺の沈黙と、思案顔をどう思ったのか、ハルヒは二枚目のコピー用紙を俺の指から取り上げ、

「それが最後、三枚目よ。読めば読むほど解らない話だわ。ぜひあんたの感想を聞きたいところ」

『無題3』　長門有希

　その部屋には黒い棺桶が置いてあった。他には何もない。

　暗い部屋の真ん中にある棺桶の上に、一人の男が座っていた。

「こんにちは」

　彼は私に言う。笑っていた。

　こんにちは。

　私も彼に言う。私の表情はわからない。

　私が立ち続けていると、男の後ろに白い布が舞い降りた。闇の中、その布は淡い光に包まれていた。

「遅れてしまいました」

　白い布が言った。それは、白く大きな布を被った人間だった。目にあたるところが丸く切り取られ、黒い瞳が私を見ている。中にいるのは少女のようだった。声で解った。

　男が低い声で笑った。

「発表会はまだ始まっていません」

男は棺桶の上から動かない。

「まだ、時間はあります」

発表会。

私は思い出そうとする。私はここで何を発表するのだろう。焦る。思い出せない。

男は言う。私に微笑んでいる。白い少女のオバケは楽しそうに舞っていた。

「時間はあるのです」

「待ちましょう。あなたが思い出すまで」

少女は言う。私は黒い棺桶を見つめた。

一つだけ、私は目的を覚えていた。

私の居場所は棺桶の中だった。

私はそこから出て、再びそこに戻るために帰ってきたのだ。棺桶には男が腰掛けている。彼が立ち退かないと、私はそこに入れない。

しかし私には発表することがない。発表会に参加する資格がないのだ。

男は低い声で歌い始めた。白い布の舞に合わせるように。

彼が立ち退かないと、私はそこに入れない。

「……んー。こりゃ、困りもんだな」

三枚目を机に落として俺はハルヒに同情した。

さすが長門、わけのわからないものを書いてくる。幻想ホラーというお題を完全に無視しているようにも思えるし、これでは小説と言うよりはほとんどポエムだろう。

「ただのポエムにも見えないけどね」

ハルヒは三枚のコピー用紙を重ねて、自分の鞄にしまい込みながら、

「ねえキョン。あたしね、有希がこれを考えもなしに書いたとは思えないのよ。きっと、これには有希の内面が反映されてんじゃないかと思うわけ。幽霊とか棺桶とかって、何の暗喩だと思う？」

「俺に解るわけがないだろ」

そう答える俺だったが、実はなんとなくレベルで読みとれているような気がしていた。この小説に出てくる『私』が長門だってのは異論がないと思う。他の登場人物は『幽霊の少女』と『男』と『オバケ少女』だが、幽霊とオバケは同一人物くさく、これまたなんとなくだが、男は古泉っぽくて少女は朝比奈さんのような感じがする。とりあえず手近にいる人間を作中人物のモデルにしたのかもしれない。俺とハルヒが出ていないが、だからと言って出演志願をするほど、俺は自意識過剰ではなかった。

「いいんじゃやねえか」

　俺は窓の外を眺め、無人のテニスコートを見下ろしながら、

「長門が気ままに書いた小説だろ。小説から作者の内面を読みとろうとするなんざ、面倒なだけさ。そんな問題は現国の試験だけで間に合っている」

「まぁね」

　ハルヒも窓の外を見ていた。季節はずれの雪でも降らせないかと、雲を観察しているような目だったが、やがて俺に向き直って春の花のような笑顔となった。

「有希のぶんはこれでオッケーにするわ。どこをどうリテイクしたらいいか見当つかないもんね。古泉くんは順調に書いてくれているみたいだし、みくるちゃんの絵本もメドがつきそう」

　その笑顔が団長から編集長のものへと変化する。

「んで？　あんたのは？　まだプロローグももらってないけど、いつ完成するわけ？」

　忘れていることを期待していた俺が間違っていたようだ。

「言っとくけど」

　ハルヒは不気味なほどニコニコと、

「あんたが書くのはちゃんとした小説よ。もちろん恋愛ものじゃないと没よ、没。ホラーでもミステリでも童話でもなくてね。変にゴマかそうたってそうはいかないわよ」

　俺は救いを求めて教室を見回した。

実はまだ一文字も書いていない。当たり前だ。どの面提げて恋愛小説なんかを書かねばならんのか。その疑問は現在、インフルエンザウィルスに対する抵抗力以上に俺の体内を駆けめぐっている最中であり、同じく一文字も書いていないだろう仲間の谷口と国木田を援軍に招聘しようとして、さっきからこちらを眺めつつこそこそ密談していた我が友人二人組がそろって目を逸らし、どうやらこのままでは友軍ともどもハルヒに撃破されそうだと十字を切りそうになったとき、やっと始業のチャイムが鳴ってくれた。

こうして目先の重責は一時回避され、されただけで逃げおおせたわけではないのだが、ともかく俺は数十分の時間稼ぎに成功した。

しかしお前、恋愛小説って。

一限目の授業を真面目に受けているフリをしながら、俺はチャレンジャー海淵に落ちていく沈没船程度に深く考え込んでいた。

さて、何を書く?

放課後、ハルヒの原稿催促から逃亡するように部室へ来た俺に、

「実体験を書いてはいかがでしょう」

古泉がノートパソコンのキーボード上で停滞なく指を滑らせながら言った。

「ようは恋愛が絡んでいればいいのでしょう？　でしたら、実際にあったことをそのまま執筆し、あくまでフィクションだと言い切ってしまえばいいのですよ。一人称形式で書くことをお勧めします。この場合、あなたが普段考えているようなことを普通に文章化してしまっても問題ありません」

「イヤミか、それは」

俺は投げやりな返答をして、ノートパソコンの画面が映し出すスクリーンセーバーを眺める仕事に目を戻した。

部室は一時的な安息の場所となっている。なぜって、ハルヒが席を外しているからだ。

生徒会と全面戦争をやっているつもりのハルヒは、腕章の「編集長」の部分に「鬼」とつけたいくらいの辣腕を発揮して、今もあちこち走り回っている。

しょっぱなの標的はごく身近にいたクラスメイト、谷口と国木田だった。ホームルームが終わるやいなや教室から逃げ出そうとした谷口をハルヒは俊敏に捕獲し、「帰る」「帰らせない」と一騒動を繰り広げ、そんな様子を逃げもせずに眺めていた国木田をも手中に収めると強引に席に着かせ、白紙のルーズリーフの束を押しつけて言い放った。

「書き終えるまで帰っちゃだめだからね！」

その顔が異様に嬉しそうだったのは、なんだろう、新しい加虐趣味に目覚めたからかも知れねえな。

谷口はなおもブチブチと文句を垂れ続け、国木田は緩やかに首を振ってシャーペンを握りしめていた。国木田はどこか余裕だが、谷口は本気で迷惑そうに、まるでハルヒがおこなう一切のもめ事に関わると将来天国行きのバスに乗りそびれると悟っているかのようだ。気持ちは解るさ。オモシロエッセイを書けなどと言われてハルヒの眼鏡にかなうものがすぐさま書けるくらいなら逃亡を図ったりはしない。

「何がオモシロ日常エッセイだ」と谷口。

「キョン、お前の日常のほうがよっぽどオモシロ状態だろうがよ。お前が書いてくれ」

断る。俺は自分の作業ですでに目一杯だ。

「涼宮さん、コラム十二本はちょっと多くない？」と国木田はのんびりと、「せめて五本にしてくれないかなぁ。英語と数学と古典と化学と物理は得意だけど、生物と日本史と公民は苦手なんだ」

そんだけ得意なら充分だろうし、俺もお前の原稿だけは心待ちにしている。科目別役立ち学習コラム十二本。本当に役立つならこれほど読みたいものはない。

ハルヒは居残り二人組に、

「一時間したらまた来るから。その時にいなかったら……解ってるわね？」

長は。

明快な脅しをかけて、教室を走り去った。いろいろと忙しいんである、我らの編集長は。

一方で、ハルヒの執筆依頼を快く受け入れるという気のいいヒマ人もいたことを申し添えておこう。

一人は言うまでもなく鶴屋さんである。もしかしたらハルヒ以上に何でも器用にこなす上級生は、

「何でもいいから書いてくれない？」

というハルヒの抽象的な依頼を快諾し、あっさり、

「締め切りはいつ？　うん、それまでには必ずやっ！　わはは、面白そうっ」

と笑顔で答えたそうだ。いったいあの人は何を書いてくるつもりなのか。

もう一人は、これは一人ではなく集団と言ったほうがいいか。コンピュータ研究部である。例のインチキパソゲー対戦の経過に加えて、ちょくちょく長門が訪問しているよしみもあり、ハルヒ的にはすっかりSOS団第二支部化しているコンピ研に飛び込んでいった本家本元の団長は、『最新パソコンゲーム完全レビュー・このゲームぶったぎり読本』とかいう、なんかよく解らんものを書かせる確約を取って帰ってきた。どういうわけだかコンピ研は部長以下、けっこう乗り気でいたらしい。ちなみに俺はパソコンでまともなゲームをやったことがないので、もう一つ興味なしだが。

　これでもまだハルヒの仕事は終わらない。会誌の表紙を小マシなものにすることを思いついたハルヒは、その足で美術部まですっ飛んでいって、一番絵のうまい部員は誰かと尋ねると、そいつに一枚絵を強要し、文章だけでは華が足りない、挿絵も必要だと言い出したかと思うと漫研へ駆け込んでイラストを発注した。されたほうはいい迷惑だと思うのだが、あいにく俺は他人が感じる迷惑にこれ以上シンクロしたくもないので、谷口と国木田を教室に残し、部室までやって来たというわけである。

　部室にはハルヒの姿はなかった。前述の理由によって学校中を駆け回っているからで、俺としては大いにくつろげるはずだったがスクリーンセーバーとにらめっこしているのみの時間は安息とはほど遠い。

「うーん、うーん」

　悲創な顔つきでテーブルに着いているのは、珍しく制服姿の朝比奈さんだ。

　この時はまだ朝比奈さんの絵本チックな童話も完成しておらず、テーブルで頭を押さえながら紙に鉛筆を走らせるお姿を目にすることができるだけで、お茶の給仕は自分でするしかなかった。

　その横で、長門はいつもの風情を維持している。読書人形のようにハードカバーを広げている姿には、すでに一仕事終えた感が漂っていた。

「…………」

ハルヒに提出した三枚のショートショートで自分の役割は終了したと判断したのか、すっかりもとの長門に戻っている。この前生徒会室で見せた不可視オーラが嘘のようだ。

嘘と言えば、俺がそんな長門が気にならないと言えばこれも嘘になっちまうので正直に告白しておく。あのヘンテコな小説モドキを長門がどんな心情で書き上げたのかとか、それをハルヒに見せて何も思わなかったのかとか、ありゃいったいどういう話なのか自作解題してほしいとか、いろいろ問いただしたいところだが、朝比奈さんと古泉のいる前でそれを言うのも、ちょっとな。

そのうち二人だけになったときにでも、その機会は預けておこう。

平常モードの無表情で本を読む文芸部員から目を外す。テーブル上で稼働しているパソコンは二台だけだ。持ち主の唇と同様、長門の前のノートパソコンは貝のように蓋を閉じられて脇に追いやられていた。

できれば俺もそうしたい。地球上の限りある資源を浪費することに自責の念を感じる身としては、この俺に支給されてるパソコンのスイッチをただちにオフにすべきだろう。このまま電源をつけていてもエネルギーの無駄であり、ついでに頭のスイッチもオフにして今すぐ深い眠りに入りたかった。

そう考えつつ溜息などついていると、古泉が声をかけてきた。

「深く考えることはありませんよ。ありのままを書けばいいのです」

お前はすでに頭の中にあるものを文章化すりゃいいんだからラクだろうが、俺は一から考えんといかんのだぞ。なんならお前の恋愛経験を教えてくれ。お前を主役にしたラブリーな物語を書いてやる。

「それは遠慮したいですね」

古泉はキータッチの手を休め、俺に問いかけるような笑顔を向けてきた。それから小声で、

「本当にないんですか？　今までの人生で、恋愛感情の虜になったことや、女性と付き合ったことがです。いえ、この高校の一年間でそれらしいことはない――というより書けないでしょうから、それ以前のものならどうです？　中学時代なんかどうです？」

俺が天井を眺めて自分の過去記憶を参照していると、古泉はますます小声となって、

「草野球大会で僕が言ったことを覚えていますか？」

さぁ、お前は色々と言いっぱなしをする野郎だからな。セリフを逐一記憶に留めてもらおうなんて思わないほうがいいぜ。

「涼宮さんが望んだから、あなたが四番打者になったという話くらいは覚えていると思いますがね」

俺は古泉のヤサ男スマイルを胡乱に見つめた。またそれか。

「ええ、またそれです。つまり、あなたが恋愛小説のクジを引いたのは偶然ではありません」

クジ引きの偶然性は俺も疑って久しい。手品師じゃなくても計画通りに目当てのクジを引かせることができるのは俺も知っている。

ちらりと長門を見ると、取り立てて聞き耳を立てているようでもなかった。朝比奈さんは鉛筆と消しゴムと友達になるのにイッパイイッパイらしい。

「つまり、涼宮さんはあなたの過去の恋愛模様を知りたいと思ったんですよ。だからジャンルの一つを恋愛小説にしたのです。ずばり恋愛体験談——と、しなかったのは、涼宮さんなりのちょっとした躊躇の表れです」

あいつのどこに躊躇なんてもんがあるんだ。どこにもかしこにも遠慮と挨拶なしで踏み込んでいくようなやつだぞ。

古泉は薄く笑い、

「心という部分にですよ。ああ見えて涼宮さんは、ギリギリのラインがどこにあるのかをちゃんと解っている人です。無意識でしょうが、だとしたらなおのこと素晴らしく鋭敏な感覚だと言えますね。現に彼女は、僕たちの心に土足で踏み入るような真似を決してしません。少なくとも僕はされたことがない。まあ、逆に僕は少々涼宮さんの精神の中に入れさせてもらったりしてましたが」

俺も二度ばかり行ったっけな、そういえば。

「だがあいつが遠慮なし女だという線は譲れんぞ」

と、俺はせめてもの反抗。

「でなきゃ生徒会室のドアを蹴飛ばして入ったり、そもそも文芸部を乗っ取ろうとしたりするわきゃねえだろう。俺がこんなもんを書かされたりしたりもだ」

「いいじゃないですか。これはこれで楽しい作業ですよ。弱小クラブ活動を守るため、強大なる生徒会と抗争する高校生たち……」

古泉は薄気味悪くなるほど爽やかな遠い目をして、微笑み直した。

「実は僕はこういうスクールライフを夢に描いていたのです。ますます涼宮さんを神として認定し、拝跪したい気分になりますよ。夢を叶えてくれているのですからね」

お前の自作自演でな。裏から糸を引いておいて、何が夢の実現だ。努力しているのは認めてやってもいいが。

「ですが、あなたがどのクジを引くかまでは僕も操作しようのないことです。話をもとに戻しましょう。解りやすく言って、涼宮さんはあなたの恋愛観のようなものが書かれるのを期待しているんですよ。ついでに言わせていただければ、僕も知りたいですね」

古泉はやや大きめの声で、

「小耳に挟んだところ、あなたには中学時代に仲よくしていた女子がいたそうではないですか。そのエピソードなんかどうでしょう」

だから何度も言っているだろう。あれは全然そういった話じゃないんだ。

俺は眉間の間隔を狭くして、ついで指で揉みながら、そして部室にいる他二名の顔を盗み見た。

朝比奈さんは絵付きの童話作成に精神を集中させていて、俺たちの会話が耳に届いている様子はない。

長門は――、

こちらも読書に視神経のすべてを集中させているようだったが、耳の神経までは俺も確認しようがなく、おまけにどんなに声をひそめても長門相手に隠し果たせることが可能だとはまったく思えなかった。

だいたいだな、どうして俺がやましい気分にならなきゃならんのだ。なんだって国木田といい、中河といい、俺の中学時代の同級生はそろいもそろって妙な勘違いをしてるんだ？　不思議でならん。

「とにかく、その話はするつもりも書くつもりもない」

俺は断言する。特に興味本位で目をニカニカさせているようなヤツにはな――って何だ古泉、その解ってますよ的な目は。だから違うっつーの。思い出したくない過去だからということでもないんだよ。本当にどうでもいい話だからなんだ。

「そういうことにしておきましょう」

腹立たしいセリフだが、古泉は黙らずに新たな提案をしてきた。

「では他に、何か書くべき思い出の一つを早急に思い出してください。いくら何でも一つくらいはあるでしょう。誰かとどこかでデートしたとか、誰かから告白されたとか」

ねえよ。

と、言おうとして俺の口は半開きで止まった。それを見て、古泉の微笑が広がる。

「あるんですね？　そう、まさしくそれですよ。涼宮さんと、ついでに僕も知りたい物語です。それを書いてください」

お前はいつから副編集長にもなったんだ。せっせとシャミセン消失事件のノベライズでもやってろよ。自分で書くものくらい自分で決めさせろ。

「もちろん、決めるのはあなたです。僕は単なるオブザーバー、よくてアドバイザー程度のことしか言えません。今は涼宮さんの代弁をしているような気がしますけどね」

古泉は肩をすくめ、俺との会話を切り上げて自分のノートパソコンに指先を向けた。

俺は考え始めた。

悪いが古泉、お前はまだ勘違いをしている。お前の想像の内では、中学時代の俺がいかにも中学生らしい男女交際をちょっとの間でもやってるようなものが渦巻いているのかもしれないが、自慢じゃないが俺は今まで誰かに告白なんかされたこともないし、したこともない。初恋の相手は年の離れた従姉妹のねーちゃんだったが、そのねーちゃんはロクでもない男と駆け落ちしちまった。トラウマと言えばトラウマだが、それも遥か昔のことさ。

告白でもない、ましてやデートでもないもの。

ふっ、と一つの情景が目蓋の奥に浮かんだ。

それは今から一年ほど前、中学の卒業式が終わって、この高校に来る直前の期間にあった風景だ。まさか俺の高校生活がこんな目まぐるしいものになるとは蚊の足先ほども思わず、のんびりだらだらしていた中学最後の春休み。

妹が受話器を持って俺の部屋にやってきたことに端を発する、小さな挿話がかろうじて脳みその隙間に引っかかっていた。

しばらく天井を見上げていた俺は、軽く鼻を鳴らしてノートパソコンのトラックパッドに手を触れた。

スクリーンセーバーがどこかに飛び去り、立ち上げたまま放置していたテキストエディタが白い画面を復帰させる。

横で古泉がにやついた笑みを作る気配を感じつつ、俺は試しにキーを叩いてみた。

ま、ただの指ならしさ。書いてる最中につまらなくなったらすぐさま全文削除する程度のな。

記憶の淵からザルで砂金を掬うような作業だなと思いつつ、頭で組み上げた文章を指先に伝達し、導入部を書き始める。

とりあえず、こんな感じでどうだろう。

『あれは俺が高校に入る前、残りわずかな中学最後の春休みを過ごしていた時だった
……』

あれは俺が高校に入る前、残りわずかな中学最後の春休みを過ごしていた時だった。

すでに中学校の卒業証書をもらってはいたものの、いまだ高校生未満の身の上で、できることならこの身分よ永遠に続け、とか思っていたことを覚えている。

中三の頃からお袋に通わされていた学習塾効果か、専願で首尾よく合格を果たしたのは、まあ、楽でよかった。だが、受験前に下見に行った時点で俺はこの高校に三年間も通うのかと、長々と続く坂道を上りながらうんざりしていたのも本当だ。ついでに言えば、学区割りの関係上、それまで仲の良かったツレ連中は

のきなみ近所にある市立か、遠くの私立に進学が決まっていたから孤独感がいやでも増すというものだ。

この時点の俺には、まさか高校生活が始まるや否や奇怪な女に出くわして、そのまま異様な団の創設に名を連ねることになるとは白昼夢でも思い描きようのないことだったから、中学時代を回顧しつつ、未知のハイスクールライフになんとなく不安にもなりつつ、要するにしみじみとしていたわけさ。

そんなわけで、心の大半を支配する孤独を埋めるべく、昼前までダラダラと眠り続けたり、他の高校に進学する連中たちとしばしの別れパーティと称するゲーム大会を開いたり、つれだって映画を観に行ったりする——といったことに興じていたのだが、やがてそんな日々にも飽きが来て、朝昼兼用の飯を喰い、さて牛にでもなるかと自室でゴロゴロしていた四月直前の昼下がりのことだ。

寝て起きて飯を喰い、また一眠りしようとベッドに横臥していた俺の耳に、家の電話が着信のメロディを奏で始める音が聞こえた。

俺の部屋に子機はなく、お袋か妹が出るだろうと放置していたところ、しばらくして妹がコードレスホンを携えて部屋に入ってきた。

これも今さらながらにして思うのだが、こいつが電話片手に俺のところに来るたびに、何やら変なことが発生しているような気がするな。

しかし、繰り返すが、この時の俺はまだまだ無垢で、圧倒的に経験値が足りていなかった。

「キョンくん、電話ぁー」

妙にニコニコしてやってきた妹に、

「誰だ」

「女のひとー」

妹は俺に受話器を押しつけて、にへらっと笑い、くるりと身体を回転させると、ホップステップジャンプという感じで部屋を出て行った。珍しいな。いつもなら俺が追い出すまで部屋に居座っているのに、なんか急ぎの用でもあったのか。

いや、それより誰だ。俺は自分に電話をかけてきそうな女の顔を頭の中の選択表示画面でスクロールさせながら、受話器の通話ボタンを押した。

「もしもし」

一瞬の間があって、

『……はい。あの……』

確かに女の声がそう言った。しかし誰だかはまだ検索モードが終わっていないので解らない。どこかで聞いたことのある声だったが。

『わたしです。吉村美代子です。こんにちは。いま大丈夫ですか？　おいそがしくなかったでしょうか』

「あー……」

吉村美代子？　誰だっけ。

考え始めると同時に脳内スクロールが停止した。聞き覚えがあるのも当然だ、何度か顔を合わせたことのある人間だった。フルネームで言うからかえって解りにくい。吉村美代子、通称ミヨキチ。

「ああキミか。うん、全然いそがしくない。めっちゃヒマだけど」

『よかった』

心底安堵したような声が言い、俺は怪訝に思う。いったい彼女が俺に何の用だ？

『明日、お暇ですか？　明後日でもいいんです。でも四月に入ってしまったらダメなんです。あなたのお時間をお借りできないでしょうか』

「ええと、俺に訊いてんの？」（※1）

『はい。急に言ってごめんなさい。明日か、明後日なんです。おいそがしいですか？』

「いや全然。どっちも丸一日ヒマだ」

『よかった』

またもや心の底から響いているような正直な囁き声を漏らし、
『お願いがあるんです』
美代子はどこか緊張した声に転じて続けた。
『明日、一日だけでいいんです。わたしに付き合ってくれませんか?』
俺は出て行った妹の影を追い求めるように、開きっぱなしの自室ドアを眺めながら、
「俺が?」
『はい』
「キミと?」
『はい』
美代子は声をひそめるように、
『二人だけがいいんです。いけませんか?』
「いや、別に悪くはない」
『よかった』
また大げさに安心した吐息が聞こえ、明るさを努めて抑制したような声が、
『では、よろしくお願いします』
電話線の向こうでお辞儀している美代子の姿が目に見えるようだった。

その後、彼女は待ち合わせの場所と時間を、しきりとこちらの都合を気にしながら提案し、俺はただ「わかった」と言い続け、

『すみません。急に電話をして』

「いいさ。どうせヒマだ」

最後まで低姿勢な彼女に曖昧な応えをしてから、電話を切った。こちらから切らないと、きっと美代子はいつまでも感謝の言葉を続けていただろうからだ。吉村美代子、通称ミヨキチは、そういう娘だった。

俺は電話機を元の位置に返そうと、廊下に出た。するとそこで妹が何やらヘラヘラしながら待っていたので、ついでだとばかりに子機を押しつける。

「にゃはは～」

妹はアホみたいな笑い声を上げ、受話器を振り回しながら去っていく。

俺は妹の行く末を案じつつ、ミヨキチの落ち着いた声を思い出していた。（※2）

でもって、翌日だ。

あまり詳細なことを書くつもりはない。一言で言うと面倒だからだ。これは小説であって業務報告書でも航海日誌でもない。ましてや俺の日記でなどあろうはずもないだろう。

つうことは、書き手である俺が好きなようにしちまってもいいはずである。そうさせていただこうじゃないか。

その日、待ち合わせ場所にやって来た俺は、先に来て待っていたミヨキチの姿を見いだして早歩きに近づいた。俺に気づいた彼女は、顔をこちらに向けたままきちっとした仕草でお辞儀をした。

「おはようございます」

蚊の鳴くような声での挨拶の後、ポシェットを肩にタスキがけし、お下げ髪を震わせるようにして彼女は頭を上げた。花柄ブラウスの上に水色のカーディガンを羽織り、ボトムは七分丈のスリムジーンズ。細身の体形によく似合っていた。

俺は「やあ」とか何とか返礼をして、周囲をゆっくりと見回した。

駅前である。SOS団の集合地点としてお馴染みとなっている例の場所だ。だが、この時の俺は、数ヶ月後に意味不明な団に所属させられ、この世に覇を唱えんとするイカれた団長により顎でこき使われることになろうとは思っていなかったので、普通に辺りを眺めただけだ。女と二人で会っているところを誰かに見られたら面倒だなと考えたわけでもない。んなこと、思いつきもしなかったね。(※3)

「あの」

ミヨキチは上品な顔を、少しばかり緊張させながら言った。

「行きたいところがあるんですが、いいですか？」

「いいよ」

そのために来たんだからな。行くつもりがなければ昨日の電話で断っている。そして俺にはミヨキチの依頼を無下にする理由がなかった。

「ありがとうございます」

そんなに丁寧にすることもないのに、ミヨキチはいちいち頭を下げて、

「観に行きたい映画があるんです」

むろん構わない。彼女のぶんのチケットを買ってやってもいいくらいさ。

「それには及びません。自分で出します。わたしが無理を言って来てもらっているのですから」

はっきりと述べて、彼女は微笑んだ。汚れを知らぬ笑顔とはこういうのを言うんだろう。妹とは違った意味で、無邪気にすぎる笑みだった。

ちなみにこの近所に映画館はない。俺とミヨキチは駅に向かい、切符を買って電車に乗り込んだ。彼女の観たい映画は、シネコンやデカい劇場ではかかっていない、ドがつくほどのマイナーなシロモノで、小さな単館系ロードショーだった。

電車に揺られている間、彼女はタウンガイド誌を握りしめてずっと窓の外を眺めていたが、時折思い出したように俺の顔を見上げ、ぺこりと首を傾ける。

別に黙ってばかりだったわけではなく、それなりに会話をしていたが、別に書くこともない。とりとめのない世間話くらいさ。この春からどこの学校に行くのかとか、俺の妹の話とかをした覚えがある。（※4）

目的の駅に着き、映画館まで歩いている最中も同じ。ただ、彼女は少々緊張しているようだった。その緊張は、劇場に到着してチケット売り場を前にするまで続いた。（※5）

そろそろ次の回が始まろうとする時間なのに、売り場には誰も並んでおらず、その映画の不入り具合を表していた。俺はちらりとミヨキチを見てから、ガラスの向こうでヒマそうにしているおばさんに、

「学生二枚」

と告げた。

……と、ここまで書いたところで俺はキーボードから指を離し、パイプ椅子にもたれ掛かって大きく伸びをした。

どうも慣れないことをしているせいか、肩が凝ってしかたがない。俺がぐりんぐりんと頭を回していると、

「調子よく書けているではないですか」

古泉が微笑しつつ興味深そうにしつつ、

「その調子で最後までお願いします。いや実に、読ませてもらうのが楽しみですよ」

残念だがな、古泉。賭けてやってもいい。読んだところで楽しいものにはならんと言っておきたい。恋愛小説とはほど遠いものになっているだろうからな。

「それでも」

と、古泉は自分のノートパソコンの液晶を指で弾きながら、

「僕はあなたの書くものに興味をそそられます。何であろうと、文章にはその執筆者の内面がわずかでも含まれるものですからね。行間から滲み出る作者の声ならぬ声を聞くことができるのです。僕は長門さんや朝比奈さんの文章以上に、あなたの小説が気がかりですよ」

お前が気にかける必要はないだろう。いつからお前はハルヒの精神面担当以外の仕事を始めるようになったんだ。俺の精神分析は任務外作業なんじゃねえのか。

「あなた次第で涼宮さんの精神状態が変移することを考えると、一概にそうだとも言い切れませんが」

どこまでもこしゃくな野郎だ。

俺は古泉の相手を打ち切ると、部室を眺め渡した。ハルヒはまだ帰ってきておらず、

朝比奈さんはお絵かき中である。

「うーんと、うーん……」

ふわふわした上級生、朝比奈さんは困惑した表情で紙に向かい、鉛筆を子供っぽく握りしめてちょこちょこっと線を引き、しばらく考えてから消しゴムをこしこしと使い、また、

「うーん」

うつむいて熱心に作業を続けていらっしゃる。朝比奈さんの絵本風童話はすでに紹介した通りであるが、今の彼女が取りかかっているのはまさにアレだ。できあがり具合を見ても、彼女の努力は結実したと言ってもいいよな。非常に朝比奈さんらしい作品になっていたし。

というわけで、現時点で自分の仕事を終了させているのは、

「…………」

テーブルの端っこ、定位置で静かに本を読んでいる長門だけだった。あの無題超短編三部作を提出したことで、すっかり身軽になっている小柄な文芸部員は、楽しげに飛び回っているハルヒや呻吟する朝比奈さんと俺などすっかり蚊帳の外のできごとのように、黙って深々と読書に励んでいた。

俺からすれば、無題1、2、3の自作解説を長門に頼みたいくらいであったのだが、

なんとなく訊かないほうがいいようにも思え、それより気にするべきなのは今俺が取りかかっている〝恋愛小説〟とやらのほうだろう。必死に書いたはいいが、「つまんない。没」の一言で、あっさりゴミ箱直行となってしまったらかなわん。しかしハルヒの気に入りそうなものを、と気をつかって書くのもなんかむしゃくしゃする。どうして俺がこんなしょうもないことでまであいつに配慮せんといかんのだ。

俺がだんだん小腹を立て始めていると、またもや横から爽やか笑顔くんが、

「それはないでしょうね」

俺の独り言を聞きとがめたようだ。古泉はノートパソコンから指を離さず、パチパチとブラインドタッチを続けながら、

「あなたが過去の実体験、それも僕や涼宮さんに出会う前のドキュメントを書いたのだとしたら、涼宮さんは興味をもって読んでくれると思いますよ」

書きながら会話できるとは器用なもんだが、しかしお前に保証されてもな。

「たとえばですね」

古泉はどこか楽しげに、

「僕の過去を知りたいと思ったことはありませんか？　この学校に転入してくるまで、僕がどこで何をしていたか、何を思って日々を過ごしていたのか、その片鱗を知って

みたいと思わないんですか？」

そりゃお前……。どっちだと言われたら聞いてみたいさ。超能力者の日常が描かれたノンフィクションがあったりしたら、小学生時代の俺なら小躍りして読みあさっただろう。特に『機関』とかいう組織がどうなってんのかなんて、今でも知的好奇心を刺激させられるぜ。

「知ってもがっかりするだけですよ。たいして面白いエピソードはありません。あなたもご存じのように、僕は地域と時間を限定されている超能力者ですからね」

古泉はそう言いつつ、

「ですが、常人とは違う日常を過ごしてきたのは確かです。いつかほとぼりが冷めた頃に自叙伝でも書こうかと思っているくらいですよ。書き上がったら、献辞にあなたの名を入れておきます」

「入れなくていい」

「そうですか。その際には、ぜひあなたに献本しようと考えているんですが」

俺は答えず、お茶を求めて手を伸ばした。手にした湯飲みはすでに空だ。朝比奈さんは絵本作業にかかり切りのため、二杯目も自分で淹れるしかないな、と立ち上がりかけたとき、

バァン、と部室ドアを開き、威勢のいい女が入ってきた。

「どう、みんな。はかどってる？」

ハルヒは妙なほどハイなテンションで、ずかずか部室に入ってくると団長席に腰掛け、持っていた紙束を机に置き、俺に怪光線を発しているような目を向けた。

「あ、キョン、お茶淹れるんだったらあたしのもお願いね。みくるちゃんはお仕事中だし、邪魔しちゃ悪いわ」

ここで変に抵抗するのもガキくさくてイヤだ。せめてもの反抗の印として、俺は聞こえるように溜息をついてやり、それから急須にポットの湯を注ぐと、出がらしのお茶を俺とハルヒの湯飲みに注ぎ、臨時のウェイターとなって団長席まで持っていった。

ハルヒは機嫌良く湯飲みを受け取るとズルズルすすり、

「なにこれ。ただの薄茶色のお湯じゃない。葉っぱ取り替えなさいよ、葉っぱ」

「お前がやれ。俺はいそがしい」

いそがしいのは事実だったので、たとえ団長のありがたいお言葉であろうと、この程度の抗命は許されてしかるべきだ。会誌作成よりお茶くみが優先されるとは言わせないぜ。

「ふうん？」

ハルヒはニヤリとしつつ、

「あんた、ちゃんと書いてんのね。やっと？　感心感心。締め切りには間に合わせなさいよ。そろそろレイアウト工程に入んないといけないからね」

俺は自分で淹れた茶を飲みながら、ハルヒの上機嫌の元を探ってみた。どうやら机に投げ出されたA4用紙の数々に要因があるらしい。

「これ？」

ハルヒは目ざとく俺の目線を嗅ぎ当てて、

「上がってきた原稿よ。発注してたヤツ。みんなけっこうがんばってくれたわ。谷口はどうしても書けないって言うから、明日まで延ばしてあげたけど。国木田のは半分まで。あれ、真面目だから明日には最後まで出してくるはずよ」

鼻歌を奏でながら、ハルヒは原稿をチェックするように一枚一枚摘み上げ、

「これが漫研に頼んでたイラストで、こっちのが美術部に頼んでた表紙のラフ絵ね。それからこれがコンピ研のやつ。これだけでもページが稼げそうだわ。何書いてあんのかはさっぱりだけど、ま、いいわ。熱意は伝わってくるし、解るヤツが読めば面白いんでしょ、きっと」

なるほどな。つまるところ、会誌作りが着々と進行していることに喜楽を見いだしているらしい。何もないところから形あるモノを作っていき、徐々に完成に近づきつつある過程は、そりゃ俺でも楽しいさ。プラモを組み立てていくというか、RPGでラスボスに迫っていく道筋というか、とにかくそんなんだ。さぞ楽しかろう。自分が

プラモの部品やノンプレイヤーキャラの立場じゃなけりゃな。

「何ぶつぶつ言ってんのよ」

ハルヒはあっという間にお茶を飲み干すと、湯飲みをぷらぷらさせながら、俺にニンマリした笑みを見せつけて、

「とっとと自分の席に戻って、ほら、書きなさい。部外者のコンピ研がこんなにがんばってんのに、あんたがサボってちゃ外聞が悪いでしょ。本来、これはあたしたちの受けた勝負なんだからね」

ハルヒはかっこうのライバル組織が見つかって覇気がある。腹立ち紛れに、ここで生徒会長の正体を教えてやりたいくらいだ。ついでに言いたい。最初にイチャモンをつけられたのは文芸部員である長門であって、お前は突然横から飛び出してきた野次馬だろうに、どうしてお前がリーダーシップを取っていることになってんだ。編集長なんて腕章をつけてまで。

俺は古泉の横顔を睨み、ハルヒの退屈紛らわせ作戦がこれで第何弾だったっけと考え始めた。確か孤島が一番手で、ケチの付いた雪山が第二弾か。いや待てよ、喜緑さんがやって来たカマドウマのは——あれは長門だったか。

などと無意味に回想していると、ノックの音が耳に響いた。

「失礼する」

返答を待たずにドアを開け、長身の人影が部室に侵入してきた。

ピキン――。

ピアノ線をニッパーで切り飛ばしたような音が聞こえたのは、たぶん俺だけだ。

まるでシューティングゲームの中ボスみたいに、いきなり現れたのは生徒会長だった。

そして、その斜め後ろに喜緑さんがいた。

会長は眼鏡を意味なく光らせた真面目モードで、ゆっくりと部室に視線を横切らせ、

「なかなかいい部屋だな。ますますキミたちにはもったいない」

「なにしに来たのよ。仕事の邪魔だから帰ってくれる?」

ハルヒは特撮ヒーローの変身よりも素早く不機嫌モードへと変化した。会長よりも偉そうな態度で腕組みし、席を立とうともしない。

会長はハルヒの殺人的視線攻撃を真正面から受け止め、

「敵情視察とでも思いたまえ。私はキミたちの宿敵や乗り越えるべき壁になったつもりはない。様子を見に来ただけだが、いちおう条件提示をした責任がある。キミたちが真面目にやっているかどうか、確認のための見回りと考えてくれたまえ。ふむ。見たところ、動くだけは動いているようだ。けっこうなことだが、運動総量が直接的に結果へと直結するとは必ずしも限らん。ゆめゆめ精進を怠るべきではないと言っておこう」

別に言われたくもなかったが、俺より先に反応したのは団長（現状、編集長）だ。

「うっさい」

きゅるり。ハルヒの目が鋭角な逆三角形へと変化する効果音が聞こえたほどだ。

「イヤミを言いに来たんだったらおあいにく様。あたしはそんな程度の低いボケにツッコンであげたりしないんだからね」

「私はそれほどヒマではない」

会長はわざとらしい仕草で指を鳴らした。いまにも「ギャルソン！」とか言いそうだったが、眼鏡のやり手生徒会長は給仕係を呼んだわけではなく、

「喜緑くん、例のものを」

「はい、会長」

喜緑さんは脇に抱えていた冊子の束を捧げ持ち、しずしずとハルヒの前に進んだ。

長門は膝の上に開いたハードカバーのページに目を戻し、ピクリともしない。

「…………」

喜緑さんも長門などいることすら気づいていない、という感じの顔に笑みを広げて、

「どうぞ。資料です」

ハルヒに古ぼけたいくつもの冊子を差し出した。

「なに、これ」

ハルヒは迷惑そうな顔を隠さず、しかし、くれるものなら呪われた道具でももらうとばかりに古冊子を受け取って、眉の角度をメキメキと上昇させる。

会長が皮肉な仕草で眼鏡を弄りながら、

「昔の文芸部が作成した会誌だ。せいぜい参考にしたまえ。独自の理論でものを考えるキミのことだ、文芸という言葉の意味を履き違えている可能性があるのでな。礼はいらん。恩義なら喜緑くんに向けたまえ。資料室の書架からそれを探し出す労を負ったのは彼女だ」

「ふーん、ありがと。ぜっんぜん嬉しくないけど」

一方的に塩を送られたものの別に塩分不足に陥っていなかった甲斐国領主みたいな顔で、ハルヒはバサリと冊子群を団長机に置き、そこで初めて使者の顔に思い当たるものを見つけたように、

「あら、あなた……。へえ、生徒会の人だったわけ？」

「はい。今年度から」

喜緑さんはおっとりと返事をし、一礼するとしずしずした足取りで生徒会長のそばに戻っていった。ハルヒはどうでもよさそうに、

「あのカレシとは、どう、うまくいってんの？」

ハルヒの言うカレシとは、コンピ研部長に違いない。

「あの時はお世話になりました」

喜緑さんは微笑をそよとも揺るがせずに、

「ですが、もうお別れしました。今思うと、本当は最初からお付き合いしていなかったようにも思える、それは遠い記憶です」

回りくどく返答しているが、俺には理由が解るような気がする。きっとコンピ研の部長氏も俺に同意してくれるだろう。彼には付き合ってたなんて自覚がない。SOS団のサイトなんかをチェックしてたバチがあたっただけだ。まあ、多少気の毒ではあったが。

「……………」

ぱらり、と長門は本のページをめくる。

この時点になると長門と喜緑さんは互いに積極的な無視合戦をしあっているような感じがした。だが長門は誰が相手でも普通にこんな態度なので、おそらく俺の主観にすぎないのだろう。どうも最近、変な色のついた眼鏡をかけさせられているような感覚がする。

「ふうん、そう」

ハルヒは口元を変な形にして、

「まあ、若いしね。いろいろあるわ」

言っとくが、お前のほうが年下だぞ――という低俗なツッコミをするつもりはない。ここはスルーが基本だ。それに喜緑さんの実年齢はたぶん長門と同じくらいだ。年長かどうか疑わしい。たまたま二年生として存在しているだけなんじゃないかとも思うね。

しかし、ここでそんなことを教えてやるわけにもいかない。長門の反応からみて、喜緑さんは敵ではなかろう。俺はさりげなく朝比奈さんの様子を目の端でうかがう。彼女は少なくとも長門が宇宙人関係者だと知っていた。最初にここに連れてこられたときの驚きようがそれを示している。ならば喜緑さんもまたそれらしいということに気づいているんじゃないかと勘ぐる俺の心の動きは正当だろう。

しかし――。

「うーん、あ。えーと、ううん」

この愛くるしい上級生さんは、一心不乱に絵本を描くことに必死のあまり、部室にやって来た二人組の闖入者にまったく気づいていないようだった。強固な集中力を褒めて差し上げるべきなのか、それともドジっ娘へどんどん近づいているのを心配したほうがいいのか。後者だとしたらハルヒの教育の成果だ。

俺が漠然と立っている間も、ハルヒと会長は言語的攻撃を応酬させていた。

「小説誌にするらしいが」

と、会長のニヒルな声。

「果たして、キミたちにまともなものが書けるのかね」

「何度でも言うわ。おあいにく様」

ハルヒの決然とした声。

「あたしは全然心配なんかしてないのよね」

ハルヒはどこのワームホールから湧き出ているのか調べたくなるほどの自信に満ちた顔をして、

「教えてもらわなくたって、小説を書くことなんて簡単よ。このバカキョンにだってできるわ。だって、たいていの人は文字を書けるでしょ？　文字さえ書けたら、文章だって書けるし、その文章を繋げていくことだってできるわけ。字を書くのに特別な訓練なんていらないじゃない。もう高校生なんだしさ。だから小説書くのに練習なんか必要ないの。ただ書いてみればいいだけのものよ」

会長はくいっと眼鏡をずり上げて、

「キミの楽観的な物の見方には感心するしかないな。しかし、いかにも幼稚だ」

俺も全面的に同意見だが、ここでハルヒを焚きつけるようなことは慎んで欲しい。たとえそれが会長として誰かに割り当てられたセリフなんだとしても、燃え上がったハルヒオーラを浴びるのはここにいる俺たちなんだからな。

案の定、ハルヒはぐんぐん眉と目の端の角度を鋭利な刃物のような形にして、

「あんたがどんだけ偉いのかは知んないわ。でもねっ！　たとえ本当にあんたがすっごく偉いのだとしても、あたしは偉そうにするやつが大っ嫌いなの。偉くもないのに偉そうなのはもっと嫌いだけどね！」

口ゲンカなら後れを取らないヤツである。このままではいつまでも言葉のぶつけ合いを演じてくれそうだ。なにしろ会長はハルヒより偉そうなのだ。これまた演技なんだろうが、怒りの火だるまと化したハルヒを前に平然としているのは大したものだ。会長も、それから喜緑さんも。

「ふむ。私は別段偉くはないとも。キミは偉い偉くないで人間を計るのかね。私が多少なりとも誇るべき点を持つのだとしたら、それは公正な選挙結果によってこの地位にいるということだ。それで、キミは何によってその席に座っているのかね。団長どの？」

さすがは古泉に選ばれた人材と言うべきか、この会長は一本太い芯の持ち主だった。ハルヒに向かってこうまで堂々と皮肉をかませられる人間など、この高校には他にはいまい。

しかし、ハルヒはハルヒでたいしたヤツなのだ。俺が言うのだから間違いはない。

「挑発しようったってムダよ」

学園内非合法組織の領袖は、怒り出す代わりに不気味な笑みを浮かべた。

「生徒会は文芸部のついでにSOS団を潰したいんでしょうけど、そうはいかないわ」

ハルヒはちらりと俺を見る。何だ、その目は。

輝く瞳はすぐに会長を串刺しにした。

「あたしは絶対、ここを動いたりしないんだからね。なぜだか教えて欲しい？」

「うかがおう」と会長。

ハルヒは、その声がマイクロ波なのだとしたら、どんな電子レンジよりも効率的だろうと思うような音量で、こう言った。

「ここはSOS団の部屋で、このSOS団はあたしの団だからよっ！」


言いたいことだけ言って、そしてハルヒに言わせるだけ言わせて、会長と随伴する喜緑さんは帰っていった。

「もう、腹立つわ。何しに来たのよ、あのバカ会長」

ハルヒは唇を尖らせてブツブツ呟き、喜緑さんが持ってきた旧文芸部の会誌をパラパラめくっている。

ハルヒの雄叫びによって、さしもの朝比奈さんもようやくお客が来ていることに気づき、慌ててお茶の用意をしようとしたが時すでに遅く、しかしおかげで俺はようやく朝比奈さんの美味しいお茶にありつけて心爽やか、執筆もはかどる……とは、いかなかった。

何となく、いったん気勢をそがれると意欲もなくなる。まして、クジ引きで決められたテーマで、かつ自分の過去エピソードとあってはな。

しかしそうも言ってはいられない。会長の登場によって燃え上がったハルヒのやる気は、今や部室の天井を焦がすまでになっていた。

「いい、みんな」

ハルヒがアヒル口を開いて言ったことは、

「こうなったら死んでも会誌を作り上げて、それもすっごいのを作って完売させるのよ。一部も余さず、生徒会の鼻を明かしてやるの。いいわねっ！」

会誌は売り物ではなく配布物だし、こんなもんのために死ぬ気もなかったが、締め切りを破ろうものなら死なないまでも死ぬような罰ゲームに遭わされそうだ。まったく、いくらそれが役目なんだとはいえ、あの会長も演出過剰なんじゃないか？　古泉もだ、満足そうに微苦笑している場合か。

「僕としましては」と古泉は例によって俺に囁く。「非常に満足ですよ。涼宮さんの目が日常的な出来事に向いている限り、僕は例の空間とは無縁でいられるのですから」

そりゃお前はいいかもしれん。だが、俺はどうなる。このまま生徒会を相手にした学園闘争に突入するのは勘弁して欲しいぜ。あの会長がフリだけだというのは解っているが、解っていないハルヒが何をおっぱじめるか、それこそ解らん。もし今回の会誌作りが会長の条件通りにいかなかったりしてみろ、ハルヒが素直に部室を明け渡すはずがない。俺はこんなところに籠城して、あげく兵糧攻めに遭いたくはないぜ。

古泉はくつくつと鳥みたいに笑い、

「考えすぎですよ。僕たちが今考えるべきは会誌を完成させることです。それで何とかなります。ならなかった時は――」

穏やかなスマイル面に、策謀家じみた表情をふっとかすめさせ、

「また別のシナリオを発動させるとしましょう。籠城戦ですか、それもいいですね」

鶴屋さんの観察眼によると生徒会長氏は司馬仲達のような感じらしいが、彼女なら古泉を誰と比類させるだろう。黒田官兵衛あたりか？

俺は水攻めを仕掛けられた高松城城主のような気分を味わいつつ、どうやら学園陰謀ものに憧れを持っているらしい古泉が本気で謀略を発動させないように祈った。

結局、この日には俺の原稿は完成しなかった。邪魔が入ったせいもあって、あれっきり一文字も進んでいない。

幸い、ハルヒは上がってきた原稿チェックをすませると、部室を飛び出て行った。新たな外注先を思いついたか、それともハッパをかけに行ったのか……。

ハルヒが戻ってきたのは下校を催促する音楽が流れ始めた頃合いで、それは長門が本を閉じた時刻とぴったり一致していた。順調に書き進めていた古泉と、健気にがんばっている朝比奈さんに紛れて、俺は鞄を手にして立ち上がる。

さすがのハルヒもノートパソコンを持ち帰って家で書けとは言わなかった。ぷりぷり怒るあまり忘れていただけかもしれないが、俺にとってはありがたい。

全員で下校する途上、山の上から降ってくるような冷たい風に身をさらしつつ、だが確実に春の息吹を感じつつ、来年度、文芸部に入部希望するような新入生が現れたら、そいつは自動的にＳＯＳ団に組み込まれてしまうのだろうか——なんてことを考えているうちに家に着いた。

そんなわけで、俺が自伝的小説の続きを書き始めたのは、次の日の放課後だ。

ええと、どこまで書いたっけ。ああ、映画の券を買ったところまでだな。

では、そこから再開しよう。

首尾よく入館した俺とミヨキチは、単館だけあって広いとは言い難い劇場の真ん中あたりの席に座った。よほど不入りなのか、客入りはまばらどころかガラ空きだ。

その映画が何だったかと言うと、これがスプラッタ系のホラーだった。正直、あんまり好きなジャンルではなかったが、この日ばかりは彼女の希望を聞いてやらないわけにはいかない。それにしても、おとなしい風貌に似合わない趣味をしている。よほど観たかったのか。

上映中、彼女は熱心な映画ファンとなってスクリーンを鑑賞していたが、ところどころ、ホラー映画特有のビックリ演出の際には素直にビクっとしたり、顔を背けたり、一回だけ俺の腕をつかんだりして、なんか知らんが俺をなごませた。

しかし、それ以外では食い入るように映像を見つめ、これだけ集中して観られたら映画制作者も本望だろうという真面目ぶりだった。いちおう、映画について俺の感想を漏らしておくと、端的に「B級だな、こりゃ」としか言いようがなかった。観て損をしたとは思わんが、とりたてて得をしたわけでもない。前評判も全然見聞きした覚えがないし、宣伝だってちょろっとしかしていなかったはずだ。

どうして彼女は、この映画を指定したのだろう。

そう尋ねたところ、

「好きな俳優さんが出演していたんです」

少し照れたように、彼女は答えた。

エンドロールが上がりきらないうちに幕が閉じられ、俺たちは劇場を出た。

昼過ぎだった。どっかで昼飯にでもするか。それとももう帰るのかなと考えていると、彼女はひたすら控えめな声色で、

「行ってみたいお店があるんですが、いいですか？」

見ると、彼女の開いているガイド誌のページの片隅が赤ペンで丸く囲まれている。ここから徒歩で行けるくらいの場所にある店だ。

俺は少し考えてから、

「いいに決まってるさ」

答えて、誌面に記された簡易地図を頼りに歩き出す。彼女はどこまでもおとなしく、俺の斜め後ろで歩いていた。ここでの会話も何かあったはずだが思い出せない。

しばらく歩いて到着したのは、こぢんまりとした喫茶店だった。見るからにオシャレな外観と内装をしていて、男一人で入店するにはとてつもない勇気を必要としそうな、ザ・場違いという感じのとこだ。思わず店先で立ち止まった俺だったが、ミヨキチが心配そうに見上げてきたので、ごく自然な感じで木製の手動ド

アを押した。

　予想通り、店内の客層はほとんど女性で占められていた。華やかだ。男女のカップルが何組かいて、俺はなんとなくホッとした。

　席に案内してくれたウェイトレスは、微笑ましそうに俺とミヨキチを見て、やはり微笑ましそうに水の入ったグラスを持ってきて、さらに微笑ましそうにオーダーを聞いてきた。

　メニューをためつすがめつすること三十秒、俺はナポリタンとアイスコーヒー、彼女は特製ケーキセットを注文した。どうやら彼女は最初から注文するものを決めていたらしく、ウェイトレスさんがサンプルとして持ってきた十種類くらいのケーキの中から、ためらいなくモンブランを指差した。

「ケーキセットだけでいいの？」

　と、俺は訊いたはずだ。

「それだけじゃ腹がすかないか？」

「いえ、だいじょうぶです」

　彼女は背を伸ばし手を膝の上に置き、緊張したような顔で言った。

「わたし、小食なんです」

　意外な答えだった。俺がまじまじと見つめていたせいだろう、彼女はすっと顔をうつむかせた。俺は慌てて弁解に走り、やっとの思いで笑顔を取り戻すことに成功した。今思えば、汗が滲み出るような恥ずかしいことを言ったように思う。そのままで全然可愛いとか、うっ、こうして書いているだけでもうダメだ。しかし、実際にミヨキチは綺麗な娘だったのだ。彼女のクラスにいる男子の半分くらいから惚れられてるんじゃないかと思うくらいに。

運ばれてきたモンブランとダージリンティーを、彼女は三十分くらい時間をかけて口に運んだ。俺はさっさと食い終わり、アイスコーヒーに入っていた氷が溶けた水まで飲み干してしまうくらいの時間が経過していた。

ずいぶん手持ちぶさただったが、それを彼女に悟らせないよう、俺は適当な話題を彼女に振り、うなずかせたり首を横に振らせたり……。まあ、考えてみればそこまで気を遣うこともなかったように思う。あん時の俺は気配りの塊だった。俺も緊張していたのかもな。

茶店代くらい、俺が奢ってもよかった。しかし彼女はあくまでかたくなに、自分のぶんは自分で払うといって聞かなかった。

「今日、こうして付き合ってもらっているのはわたしですから」

というのが彼女の言い分だ。

精算を終え、俺たちは明るい日差しの中を歩き始めた。ホラー映画、小綺麗な喫茶店の次はどこに行きたいのか。それとももう帰るのかな。

「…………」

歩きながら、彼女はしばらく黙っていた。それから、やがて、

「最後に、一ヵ所だけ……」

小さな声で告げた場所、そこは俺の家だった。

というわけで俺は彼女を自宅に連れ帰り、俺たちの帰りを待っていたかのようにやって来た妹と三人でゲームして遊んだ。

「ふう」

そこまで書いて、俺は指を止めた。

ここ、部室にいるのは古泉と長門だけである。ハルヒは相変わらず走り回っていて、朝比奈さんは絵の最終チェックのため美術部に出かけていた。

俺が書いた文章を最初からスクロールさせていると、視界の横から古泉の顔が湧いて出てきた。

「最後まで書けたんですか？　もう？」

「どうかな……」

答えつつ、そう言われたらこれで終わってもいいような気がしてきた。考えてみれば、こんなもんをせっせと書いてて何になるんだ？　文芸部のため、ひいては長門のため——ってんのならハリキリもするが、ようはSOS団がこの部室を根城にし続けるための手段であり、ハルヒの退屈しのがせ計画の一環だ。裏で糸を引いているのは古泉で、会長は職権の乱用を腹に抱えている古泉の傀儡モドキだ。言うなれば、この一件は回りくどい自作自演である。

しかしながら、古泉の期待するように第二ステージみたいな対生徒会全面戦争はどうやったっても避けたい気分であった。なにより、いちおうだが長門が中心にいるのだ。俺はあいつに平穏な学生生活を満喫してもらいたいと考えている。この部室の片隅で、静かに本を読んでいる長門を眺めて心の平静を呼び起こされるのは俺だけではないと信じたい。

「まあ、いいか」

俺は古泉に顎をしゃくって見せた。

「ハルヒに見せる前にお前の意見を聞きたいぜ。読んでみろ」

「読ませていただきましょう」

興味津々といった古泉の顔を見ながら、俺はタッチパッドを操作した。団員に支給されているノーパソは団長机のデスクトップパソコンをサーバにしてLAN接続されている。ちょちょいと操作してやるだけで部室の隅に置かれていたプリンタが作動開始、印刷した用紙を吐き出し始めた。


数分後。

読み終えた古泉はニッと笑い、こうコメントした。

「はて、ミステリの役割は僕の仕事だと思っていたんですが」

やっぱり気づきやがったか。

「なんのこったい」

とぼけることにする。

「俺はミステリなんて書いたつもりはないが」

古泉はますます笑みを広げ、

「なおのこと問題ですね。これでは恋愛ものにもなっていませんよ」

だとしたら、俺の書いたそれは何だってんだ？

「これは、ただの自慢話です。可愛い女の子とデートした、という」

普通に読めばそうなるかな。だが、古泉。お前は別のことに気づいただろう。どこが怪しかった？

「冒頭からです。こうもあからさまではね。感づくなというほうが無理ですよ」

原稿を揃えた古泉は、ボールペンを取るとそのうち数枚に印を付け始めた。※印だ。というわけで、前文にあった（※）ってのは古泉がつけたものである。

「あなたも親切な人ですね。手がかりを連続して書いてくれるとは。どんな鈍い読者でも、（※4）くらいでピンと来ますよ」

俺はすっとぼけるようにして舌打ちし、横を向いた。長門の動かない姿を見て心を安らげようと思ったのだ。おかげで目は安らいだが、耳には古泉が追い打ちをかけてくる。

「このままではオチがありませんね。そこで提案です。一行か二行、この後に付け加えることがあるでしょう？　いわゆる種明かしという部分です。決して手間ではないはずですが」

やっぱりあったほうがいいのかね。

古泉のアドバイスに従うのは業腹だが、今回ばかりは耳を傾けておいたほうがいいような気もする。ハルヒの精神分析に関してはヤツが専門だしな。

って、待てよ？　なんで俺がハルヒの読書感想を気にかけないといかんのだ。恋愛小説を書けなんて無茶を言い出したのはあいつで、その無茶を何とかやってやったのは俺であり、それは朝比奈さんや長門だって同じだ。これで難癖つけるようなら、編集長の座に勝手に居座ってしまったハルヒこそを糾弾すべきだろう。

俺が液晶画面の表示を凝視していると、古泉が含み笑いを漏らした。

「そう思い悩むことはないように思いますがね。それに僕が気づくようなことを、涼宮さんが気づかないとは思えません。詰問を受ける前に……おっと」

古泉はブレザーのポケットを押さえた。虫の羽音のような音が響いている。

「ちょっと失礼」

携帯電話を引っ張り出した古泉は、画面を一瞥して、

「野暮用ができたようです。少しばかり中座させてもらいますよ。いえ、ご安心ください。単なる定時報告のようなもので、例のアレではありません」

その言葉を裏付けるように、古泉はニコヤカな顔のまま部室を出て行った。案外、こいつこそ陰でどっかの女子生徒と付き合っているのかもな。如才のなさそうな古泉のことだ、俺たちの知らないところで何か普通のことをしていても不思議ではない。

で、俺と読書に没頭する長門だけが残された。

長門は顔も上げない。何か言ってやろうかと思ったのだが、俺は俺でまだ迷っている最中だ。蛇足を承知で書くべきか。

沈黙の中、俺はそれまで書いていた小説モドキのファイルを保存終了させ、新しいテキストファイルを立ち上げた。真っ白な画面がモニタに表示される。

とりあえず、書くだけ書いてみるか。古泉の言うとおり、二行くらいで終わる。カタカタとキーを打ち、推敲なんてする長さでもないのでそのままプリントアウト指示。

プリンタから出てきた一枚のコピー用紙をじっくり眺めているうちに、俺は全文を削除処理したくなってきた。だめだ、これは。昔話にしても恥ずかしすぎる。

俺は最終ページとなるその一枚を折りたたみ、制服ブレザーの内ポケットにしまい込んだ。

と、同時に、

「谷口、また逃げちゃったわ。明日は縛り付けてでも書かせなきゃね。キョン、あんたもよ。そろそろ完成してないと編集長として怒るわよ」

ハルヒが部室に入ってきた。

そして、古泉がテーブルに置きっぱなしにしていった俺の原稿に目を留めた。

ちょっと待て、という俺の願いも虚しく、ハルヒは神速の動きでプリントアウトしたコピー用紙を奪い取った。自分の机に着席し、おもむろに読み始める。

俺はあきらめと開き直りの境地を半々に感じつつ、強権を誇る編集長の顔色をうかがった。

ハルヒは最初ニヤニヤしていたくせに、中盤辺りで無表情になり、枚数を経るとともに表情が失せていったが、最後のページを読み終えて、また表情が変わった。

あな珍しや。ハルヒがキョトンとしていやがる。

「これで終わり？」

俺は神妙にうなずいた。長門は何も言わずに開いた本のページを見つめている。朝比奈さんは出向中。古泉は何か理由をつけて出て行った。ハルヒに余計な注進をする人間はどこにもいないはずだ。

しかして――。

ハルヒは俺の原稿を机に置くと、改めて俺に向き直った。

そして、ニッと笑いやがった。古泉と同じように。

「オチは？」

「オチとは？」

しらばっくれることにする。

ハルヒは不気味なほど優しく微笑み、

「これで終わりだなんて、そんなことないでしょ？　このミヨキチって子、その後どうなったの？」

「さあ、どっかで幸せに暮らしてるんじゃないかなあ」

「嘘ね。あんた、知ってるでしょ」

団長机に手をついたハルヒは、そのまま机を飛び越えて俺の前に跳んできた。かわす間もなく、俺はネクタイをつかまれる。このバカ力女め、息苦しいだろうが。

「放して欲しかったら言いなさいよ。ま正直にね」

「何が正直にだ。それは小説さ。そう、フィクションなんだ。そこに書いてある俺ってのは、俺じゃなくて、俺の書いた一人称小説のキャラクターなのさ。ミヨキチもな」

ハルヒの笑顔がますます接近し、俺の首はさらなる力で絞められる。いかん、窒息の危機が迫ってきた。

「嘘言いなさい」

ハルヒは清々しい口調で、

「あんたに嘘っぱちな小説が書けるなんて、ハナっから思ってないわ。どうせ身近にあった思い出とか人から聞いた話を書き写せる程度よ。あたしの勘では、これ、どう読んだって実話を元にしてるわよね。あんたの」

ハルヒの目は爛々と輝いている。

「ミヨキチって誰？　あんたとどういう関係？」

　ギリギリとネクタイは締まり続け、とうとう俺は真実を白状した。

「たまに家に来て、晩飯喰って帰ったりする」

「それだけ？　まだ何か言うことあるんじゃないの？」

　俺は反射的にブレザーの胸を押さえた。ハルヒにはそれで充分だった。

「ははぁん。そこに残りの原稿を隠してるのね。よこしなさい」

　なんつう嗅覚のきくヤツだ。感嘆の念を禁じ得ない。しかし、俺が賞賛の言葉を発してやる前に、ハルヒは実力行使に出た。

　もみ合う俺の股に右脚を突っ込むと、どこで覚えたのか、鮮やかな内掛けを放った。

「うおぅ」と俺は虚しく声を上げる。

　体を預けてきたハルヒによって俺は床に押し倒された。ハルヒはマウントポジションの体勢で俺に馬乗り。ブレザーの内側に手を入れようとする。何とか抵抗を試みる俺。

「有希、手を貸してちょうだい。キョンの手を押さえてて」

　言うなりハルヒは俺のブレザーを脱がそうとし始めた。おいおい、お前には羞恥心というものがないのか。脱がすのは朝比奈さんだけにしておけよ、この痴女め。

「こら、やめろ！」

　助けを求める目を長門に向けた俺は、どうしようか迷っているような、そんな感じの微妙な無表情顔に直面する。

いつのまにか、長門は自分のパソコンの蓋を開けていた。

いつからだ？　コンピ研のコンピュータに侵入してプログラムを書き換える技術を持っているこいつのことだ、俺のパソコン内部を盗み見するくらい楽勝だろう。えーと、見られたのかな？

「…………」

長門はどちらの加勢もせず、冷静な目で俺とハルヒのグラウンド合戦を見守っている。

と、そこに、

「ただいま帰り——ええっ!?」

朝比奈さん登場。なんちゅうタイミングで来る人なんだ。仰向けに寝転がっている俺と、その上にまたがり逆セクハラを敢行しているハルヒを見て、彼女は何を思ったか、

「ご、ごめんなさぁい！　あたしは何も見ていませんっ！　本当ですっ」

見当違いのことを叫びながら走り去った。

「…………」

と、長門は静観中。

「編集長の言うことが聞けないの？　さ、よこしなさい！」

と、ハルヒは凶暴な笑み。

俺はハルヒの両手をガードポジションでさばきつつ、心から念じていた。古泉、もはやお前だけが頼りだ。早く戻って来てくれ。

最後に印刷した一枚。ブレザーの内ポケットに収まっているそれには、こう書かれている。

ちなみに吉村美代子、通称ミヨキチは、俺の妹の同級生であり、妹の一番の親友でもあり、その当時、小学四年生十歳だった。

今も一年前も、ミヨキチは妹の同級生とは思えないほど大人びた姿形をしていた。どこが小食なのかと疑いたくなるくらい背があって、たたずまいといい、とっさに見せる表情といい、ややもすれば朝比奈さんより大人に見えるほどだ。そういう小学生らしからぬ人相風体のおかげで、映画館の券売の人やもぎりのバイトさんも見逃してしまったのだろう。

気づいたとしてもいちいち止めていたかどうかは疑問だが。学生証を提示しなくとも学生料金でチケットを売ってくれたしな。

観に行った映画は映倫によってPG12の指定を受けていた。つまり、十二歳未満は成人保護者同伴という条件だ。俺ならとうに十五歳になっていたからいい。

問題なのはミヨキチだ。だが彼女は正しく理解していた。自分の外観が十二歳未満に見られることはないであろう、と。

ただし一人で行くには踏ん切りがつかなかった。彼女の両親は割合に堅い人柄で、スプラッタなB級ホラー映画に理解がなく、そんなものを観に行きたいと言おうものなら説教ものだ——とは彼女から聞いた説明さ。

かと言って友人を誘おうにもウチの妹なんか今でも小学校低学年にしか見えない。映画の上映は三月いっぱいで終わる。いそがないと鑑賞の機会は失われる。

そこで彼女は考えた。一緒に行って普通にチケットを売ってもらえそうな人間は誰だろう?

俺だった。

自分で言うのも何だが、昔から俺は小さい子供にやたらと懐かれる。従兄弟どもの大抵が俺より年下で、田舎で一同勢揃いしたときなんかによく世話をさせられていた習性からくるものだと思われる。

当然、妹の友達連中のあしらいなども日常茶飯事だ。その中にはミヨキチもいて、彼女も俺のことをよく知っていた。

よく遊びに行く家にいる友人の兄貴で、春休みにヒマそうにしているヤツ。小学四年生の交友範囲で思いつく人物として浮かび上がったのが俺だったというわけだ。

彼女はこうも考えた。映画のついでだ、これも子供一人では入りにくいところにも行っておこう。ということで、あの喫茶店が選ばれた。あの時のウェイトレスさんでも微笑ましくなろう。背伸びした小学生が一人で入るにはハードルが高い店だったし、身分的にはまだ中学生の俺も気後れするくらいだった。喫茶店内の俺とミヨキチ。ハタ目からは、どうやったって兄妹以外に見えなかったに違いない。

現在は小学五年生、もうすぐ六年のミヨキチこと吉村美代子。あと五年も待てば、朝比奈さんの対抗馬になっているかもしれん。

どっかでハルヒの目にとまったらの話だが。


さて、ここからは後日談になる。

会誌は期日までに出来上がった。コピー用紙に印刷したものを業務用のデカいホチキスで留めただけの冊子だが、内容は——身内びいきを差し引いて言うんだが——けっこう充実していたと言っていい。

特に秀逸だったのが、鶴屋さんの書いてきた冒険小説だ。『気の毒！　少年Nの悲劇』と題された短編ドタバタ小説は、読む者すべてを残らず笑い転げさせた。俺なんか笑いすぎで涙が出てきたくらいだ。この世にこんな面白い物語があったとは――なんて感じたのは久しぶりのことである。これを読んで顔面の筋肉をピクリともさせなかったのは長門くらいだったが、その長門でも自室でこっそり読み返してクスクス笑いを漏らしているんじゃないかと思うくらい、鶴屋さんの躍動した文体からなるスラップスティック小説は抱腹絶倒ものだった。

薄々思っていたが、改めて実感する。ひょっとしたら天才なんじゃないか？　あの人は。

ＳＯＳ団関係者の他、谷口の書いた恐ろしくオモシロくない日常エッセイやら、国木田の豆知識のような学習コラムやら、漫研の誰かが描かされた四コママンガとか、ハルヒが熱心に執筆依頼と原稿催促に走り回ったおかげで、文芸部の会誌としては分厚すぎるシロモノになっていて、一冊ごとに束ねてホチキス留めするのにやたらと手間がかかったものの、用意した二百部は、呼び込みもしていないのに一日で捌けた。おそらく外注のために走って回っていたハルヒの行為が意図せずに事前宣伝になっていたものと思われる。

そのハルヒだが、「あたしも書くわよ」と言ったとおり、偉そうな編集後記以外にも短文を寄稿していた。

『世界を大いに盛り上げるためのその一・明日に向かう方程式覚え書き』というタイトルの、図形だか記号だかが満載された論文じみたもので、ハルヒの説明によるとSOS団を恒久的に存続させるために何やら考えてみた、というようなものらしいのだが、俺にはさっぱり理解不能な文章だった。混沌とした秩序、と形容したくなるような意味不明さで、まるでハルヒの頭の中身がそのまま漏れて出てきたみたいな印象を持ったのだが——。

しかし、その論文モドキを読んだ朝比奈さんは腰を抜かして驚いた。

「そんな……。これがそうだったなんて……」

見開いた目から愛くるしい瞳がこぼれ落ちそうなまでの驚愕で、理由を尋ねた俺に対し、朝比奈さんは、

「詳しくは禁則事項なので言えませんが……」

と、断りを入れてから、

「これ、時間平面理論の基礎中の基礎なんです。あたしたちの時代の……ええと、あたしみたいな人なら誰でも最初に習います。発案者がどの時代のどの人だったのか、ずっと謎だったんですが……。それが、まさか涼宮さんだったなんて……」

あとは絶句。俺も付き合って絶句し、ついでにこんな妄想が浮かび上がった。

ハルヒは自分の作った会誌を最低一部は自宅に持ち帰るだろう。その会誌が、あのハカセくんみたいな眼鏡少年の目に触れる機会がないとは言えない。ハルヒはあの少年の臨時家庭教師だからな。ハカセくんに関しては俺と朝比奈さんも大いにきっかけを与えてしまっているが、それだけではなかったのかもしれない。結局はハルヒが根源的原因になっているのだろうか。そうでなくても色んな複合要素がありそうだな。

朝比奈さん（大）への質問事項がまた一つ増えたぜ。

会誌の即日配布完了を受け、ハルヒはわざわざ生徒会室に出向いてその旨を報告した。身体中から自慢オーラがあふれ出していたのは言うまでもなかろう。

生徒会長はハルヒのカチコミにも似た登場にも眉一つ動かさず、ただ眼鏡だけを光らせながら、

「約束は約束だ。文芸部の存続を認めよう。だが、SOS団とやらの存在に対しては未だ関知し得ん。私の任期はまだしばらく残っていることを忘れるな」

という白々しい捨て台詞を残して背を向けた。

それを敗北宣言と受け取ったハルヒは意気揚々と部室に戻り、淡々と見守る長門の前で戦勝の踊りを朝比奈さんとともに踊った。やれやれだ。

何にせよ、一つの騒動がこれで終わりを告げた。後は本格的な春の到来を待つだけだ。このまま何事もなければ俺たちはそれぞれ進級する。残っている行事でハルヒが何かやらかしそうな時期になるものと言えば春休みくらいだろう。

何とも言い難い、長いような短いような一年だった。これは内緒の話だが、俺は今年四月のカレンダーの一ヵ所に丸をつけている。それは去年の始業式の四月某日でもあった。

誰が忘れていたとしても、ハルヒ自身が覚えていないのだとしても、俺だけは忘れもせずに覚えている記念日だ。

ハルヒと出会ったその日のことを、俺は生涯忘れない自信がある。記憶を失いでもしない限り、な。

ワンダリング・シャドウ

　思いっ切りぶっ叩かれたボールが床でバウンドする小気味よい音と同時に黄色い歓声が響き、体育館の天井に反射して俺のところまで降り注いできた。

　俺はところどころ土で汚れた体操着姿で、両手を後ろにつき怠惰に足を投げ出している。全身が完全に弛緩した状態であり、そんなリラックス体勢で現在の俺が何をやっているかというと、ごく純粋に単なる一観客だった。なにしろ、もう今日は他にすることがなく、することがなくても勝手に学校を後にするわけにもいかないので、いかない以上、こうして階下の様子を眺めているくらいしかできない。

　俺が座り込んでいるのは体育館の両脇に張り出したキャットウォークである。手すりのついた狭い通路みたいなところだ。たいていどこの体育館にもあると思う。いまいち何のためにあるのかは解らんが、きっと俺が今しているような試合観戦用にしつらえられているに違いなく、そして、だらけきった雰囲気でめいめい自由な身体と時間をもてあましているのは俺だけではなかった。

　横で俺と同じようにしていた谷口が、

「強ーな、ウチの女子は」

別に感心しているわけでもなさそうな感想を述べた。

「そうだな」

俺は気のない相づちを打ちつつ、コートの上空を舞う白いバレーボールの行方を追う。相手の陣地から山なりサーブで飛んできたボールは、放物線の落下点でレシーブされ、次にトスという手順を踏んでほぼ垂直に上昇する。

そのボールを追うように、アタックラインの遥か手前から助走をつけてジャンプした体操着の女子が見事なまでの躍動感で右手を振り下ろし、位置エネルギーと運動エネルギーのすべてを叩き込まれた気の毒なボールは、殺人スパイクとなって相手チームの二枚ブロックをはじき飛ばし、コートの角に吸い込まれた。完璧なバックアタック、主審役を務めるバレーボール部員が笛を吹く。

歓声が湧いた。

ひたすらヒマなせいだろう、

「おい、キョン。どっちが勝つか賭けでもしねえか？」

谷口がそれほど熱意なく言い出した。いいアイデアだが、ハンデ戦にでもしない限り、とてもじゃないが公正な賭けにはならないな。

俺は谷口が口を開くより先に宣言した。

「五組の勝ちだ。間違いない」

谷口は舌打ちし、その横顔に向かって俺はセリフをこう続けた。

「なんせ、あいつがいるからな」

ネットぎりぎりで華麗に着地した女が不敵な笑みを浮かべて振り返る。俺を見上げてきたわけじゃなく、部室で見せる得意満面な笑みとはまた異なった笑顔だ。駆け寄るチームメイトたちに、まるで「こんなのできて当然よ」と無言で伝えているような顔である。

十五ポイント先取のワンセットマッチ。

予想通り、我が一年五組の女子Aチームはダブルスコアで圧勝を遂げた。得点源となったエースアタッカーは、ハイタッチを交わすクラスメイトに交じって、一人だけ握り拳を突き上げ、一人一人の手のひらに軽いパンチを入れていた。

サイドラインの外に出てくる途中、ようやく体育館の壁際上方に鈴なりになっている俺たちに気づいたらしい。足を止めて見上げたのも一瞬で、俺はすぐに例のにらむような視線から解放された。

何をやらしてもそつなくこなし、こと勝負事となれば無類の負けず嫌いの権化と変身、このバレーの試合でもほぼ全得点を叩き出して勝利の功労者となったそいつ――って、わざわざボカす必要なんかないな――つまり涼宮ハルヒは、即席チームを組んだ同級生からスポーツドリンクを回され、うまそうに飲み干すところだった。

だいたい解ってると思うが、ようは球技大会なんぞをしている。

三月上旬、学期末試験が終わってしまうと学校ってやつは次の休みへの準備期間に入ると相場が決まっており、それはこの県立高校でも同じだった。校内スケジュールとしては、もはや春休みを待ちわびるのみなわけだが、それはそれで他にすることはないのかと誰かが脳内に電球を灯した結果なのだろう、毎回この期間には球技大会という行事が組み込まれている。

テスト勉強で凝り固まった頭をほぐしてやろうという学校サイドの配慮なのかもしれなかったが、こんなもんをするくらいなら休みを増やして欲しいね。

ちなみに今回のメニューは男子がサッカー、女子がバレーであり、俺の所属した一年五組Bチームはトーナメント方式の第一回戦で宿敵たる九組に惜敗していた。別に古泉のいるクラスだから敵視しているわけではなく、九組というのは特別進学理数コースであり、当然の次第として頭のいい野郎ばかりの集まりで、せめてサッカーあたりで勝たないと他の普通クラスの立つ瀬がなく、おかげで今の俺や谷口他の男子どもはすっかり立つ瀬がない。

あまりにもないので、こうやって体育館までやってきて女子の体操着姿を眺めているくらいしかないという寸法である。

「それにしてもすごいよね、涼宮さん」

おっとりと言ったのは国木田だった。ハルヒの大活躍によって躍進する女子バレーチームの試合は次で三試合目、俺たちは二試合目の途中から観衆と化している。

「どうして運動部に入らないんだろ。あれだけの逸材はなかなかいないと思うよ」

まったくもって同意見だ。もしハルヒが陸上部にいたりしたら、おそらく長中短距離のすべてのレースでインターハイに行っているだろう。他のどんなスポーツでも同じことだ。筋金入りの負けず嫌いだからな。一番とか優勝とかいう言葉をあれほど好むやつもいない。

俺はまだ試合中の隣のコートに目を転じつつ、

「あいつにしてみりゃ、青春をスポーツに費やすより大事なことがあるんだろ」

長門か朝比奈さんが試合してないかと思って見たのだが、体育館には二人の姿はなかった。ちょい残念。

「SOS団ねえ」

谷口がどこか鼻で笑うように、

「はん、涼宮らしいぜ。あいつが普通の学生をやってるなんて想像外だからな。中学んときからそうだった。今じゃキョンと一緒にわけのわからん遊びをすんのが好きなんだろーよ」

もう反論する気にもならんね。

なんと言ってもこの一学年も残り少ない。球技大会以降は短縮授業に入るから、教室にいる時間も自動的に少なくなるだろう。首尾よく春休みに突入し、桜が芽吹く頃になっちまったらいよいよ俺たちは二年に自動昇格する。そうなればクラス分けという学生にとっては割と重要なシャッフルイベントがやってきて、その後の一年間の苦楽を決定づけるかもしれないのだ。俺はこのアホ谷口や国木田といった連中がそれなりに気に入っていたから、次も教室を同じくしていればいいなと思うものの、これぱっかりはな。

俺がぼんやり考え込んでいると、国木田が身を乗り出して注意を喚起してくれた。

「次の試合、始まるみたいだよ」

見ると、すっかりキャプテンシーを発揮しているハルヒを中心とする五組の女子たちがコートに散るところだった。

そろそろ春が息吹をまき散らしてもいい頃合いだったが、山間にあるこの高校はまだかなり冷えていた。冷えていると感じるのは俺の心情的なものが加算されているからかもしれず、その原因が先日俺の手元に戻ってきたテスト用紙に書かれていた点数結果によるものであることは疑いない。

俺的にはそこそこ満足すべき数値だったが、オフクロの満足風呂敷を完全に覆い尽くせるものではなかったらしく、しきりに予備校や学習塾のパンフレットを取り寄せては、俺の目のつくところに置いていたりするので胃が痛い。どうやら国公立ならどこでもいいから入ってくれという意向のようだが、実は俺の書類上の進路志望でもそうなっている。まあ、望みは高くというやつだ。そんでまあ、なんだ。ハルヒの口出しもあったことだし。

期末テストが赤点ライン低空飛行にならなかったのは、ひとえに臨時家庭教師となったハルヒが部室で俺に一夜漬け法を伝授してくれたおかげである。試験開始の数日前、テーブルに広げた教科書とノートをばらまきながら、ハルヒは言ったものだ。

「追試や補習なんか許さないからね。SOS団の平常業務に支障をきたすようなヘマは許されないわ」

団の業務とやらについてはとやかく言うまい。その業務の時給はいくらなんだとか言う以前に、俺の財布から金が飛んで行きっぱなしなわけだが、それもいい。

ともかく、俺だって教室で教師の監視を受けながら新たな問題文に挑戦したり、退屈な授業を追加で受けたりするより、部室で朝比奈さんのお茶を飲みながら古泉の相手をしているほうがよほど心安らかだったから否とはいわず、『教官』と書かれた腕章をはめるハルヒに教えを請うことにした。

ハルヒ教官の試験対策は単純至極、テストに出そうなところだけを重点的に覚え込ませるという山勘に頼ったもので、ハルヒの勘の良さをつくづく知っている俺はほいほいとばかりに言いなりとなった。長門に訊けば試験問題と模範解答をまるごと教えてくれそうだったし、古泉を拝み倒せば怪しげな手を使って職員室からテスト用紙を盗み出してくるくらいのことはしたかもしれないが、ともかく俺は超自然的手段も学園内陰謀もナシにして、素直に勉学に励むことにした。なにより、嬉しそうに差し棒を振りながら、わざわざダテ眼鏡まで用意してきたハルヒの家庭教師顔を眺めていると他の手段を採る気にもならず、自分のためにもならないのは歴然としていたからな。

きっとハルヒは来年度も俺の背後の席にいるつもりなのに違いない。そして授業中だろうが何だろうが、俺の背中をシャーペンの先でつっきつつ、「ねえ、キョン。ちょっと考えたんだけど——」などと、考えてくれなかったほうがよかったような思いつきを嬉々として言い出すに違いない。そのためには同じクラスになる必要があり、当然進路志望先も似たようなところでないといけないから、自動的に俺の成績を気にする必要もあるのだろう。だって俺はSOS団専属の雑用係みたいなもんだからな。士官しかいない軍隊が戦場で役に立たないのと同じさ。指図するのはハルヒの役目、そのたびに荷物抱えて走り回るのは俺ってわけだ。

実際、この一年はそんなふうに過ぎ、次の一年も同様のものになるだろうことを、俺は疑いもしなかった。ハルヒは絶対にそう望み、自分の望みを叶えるためならどんな非常識なことだってするだろう。いざとなれば永遠に一年生を繰り返すことだってやってのけるはずだ。

もちろん、あの八月のようなことにはならないと俺は思う。ハルヒはこの一年をリセットしたりはしやしない。その確信が俺にはある。

なぜって？　それは言うまでもなく、ＳＯＳ団結成以来の一年間がハルヒにとって楽しいものであったことを俺は知っているからだ。様々な思い出をハルヒはなかったことにはしやしない。それはもう絶対にない。

今のハルヒを見りゃ解るさ。

俺は眼下の光景を改めて視野に入れる。

ハルヒ率いるバレーチームは決勝戦を戦っていた。

バッシンバッシンとアタックを決めまくるハルヒ。飛び跳ねるたびにまくれあがる裾からのぞくヘソなんかに興味はねえと言っておくぜ。注目すべきはハルヒの表情さ。

一年前の四月、最初に出会った頃のハルヒはクラスから完全に孤立していた。というか、自らとけ込もうとしなかった。笑顔なんかチラとも見せず、むっつり不機嫌そうに俺の後ろの席に引っ込んで、ひたすらクラスの空気を冷たくする役に徹していたじゃないか。その後しばらくして俺とだけ口をきくようになっても、他の女子とは疎遠だったのに、だが今はそうではない。仲良しグループに交じることこそなかったが、寄ってくるものすべてを突き放すような態度は過去のものだ。

きっとSOS団の立ち上げはあいつにいい方への変化を促したのだろうな。と、同時に、それは元々ハルヒが持っていた素地でもあったのだ。ハルヒがおかしくなったのは中学時代で、それ以前はアクティブレーダーミサイルみたいな行動力とアフターバーナー級の明るさを本質にしていたに違いなく、だったら今のハルヒはよくなったと言うよりは元に戻ったと言うべきだろう。

俺は中一以前のハルヒを知らん。あの中一ハルヒだってチラッと出くわしただけだ。そのうちハルヒと同じ小学校だったやつを調べて、当時のハルヒがどんなだったか尋ねてみたくもあったが、たぶん俺はそんなこともしないんだ。

体育館、バレーボールコートの中で、ハルヒは同級生たちと普通に球技大会を楽しんでいる。ただまだちょっと抑制気味だな。とびっきりな罰ゲームの着想を得たときのような、あの百ワットの得意満面は団員の前限定か。出し惜しみはもったいないぜ、ハルヒ。

スパイクを決めたハルヒは、差し伸べられるクラスメイトの手を、照れてでもいるようにゲンコツでパシンと叩いていた。

そして球技大会は終了し、本日中に学校でやるべきことは何もなくなる。

部活動をやってるやつは各自そちらに向かい、そうでないやつはとっと帰り、SOS団の団員たちは文芸部室に集合し、俺もまた上機嫌にステップを踏むハルヒと一緒に座り慣れたパイプ椅子のある部屋へと向かった。

ハルヒの機嫌の良さはバレーで優勝したからに決まっていた。てっぺんを取ったからと言って何がどうなるわけでもなかったが、俺の横をすったかと歩いているハルヒはどこまでも元気だ。文芸部の休部未遂騒動で首尾よく生徒会長をやりこめた件もあるし、こいつを憂鬱にする事柄がそうそうやってくるとはあまり思えなかった。強いて言うなら、やはり二年進級時のことくらいか。

古泉によれば、ハルヒの願いはたいていにおいて叶ってしまうのだという話であるから、俺と長門と古泉がまとめてハルヒと同じクラスになってしまう可能性だってある。特別クラスにいる古泉だが、そんなもんどうとでもしてしまうのがハルヒ的変態パワーだ。朝比奈さんの目からビームを出すことに比べると、んなもんまだしも常識的だろう。問題はハルヒがそんな自分の力を知らないってことで、全員バラバラになってしまうこともあり得る、と考えているかもしれないってことだ。ハルヒだけが未だに知らない。長門の情報操作や、古泉の組織を使えばたいていのことはできるってのをな。

なので俺は楽観していた。腹を割って正直に言おう。俺は二年になってもハルヒの前の席にいたかった。もしバラけたりしたら、俺はクリスマス直前に起こったハルヒ消失事件の縮尺版のような気分を味わいそうな気配だぜ。俺が見てないところで何しでかすか気が気でないしさ。

だが、一方でそれならそれでかまわないと考えているのも事実で、こういうのを二律背反と言うんだろうな。これまた古泉が語るように、ハルヒのトンデモ能力がどんどん落ち着いていったら、それはそれでいいことなのだ。

ただ――、やっぱりというか、少しは寂しく感じるかもしれないが。

「なに?」

俺がよほど達観したような顔をしていたのだろう、威勢よく歩きながらハルヒが下から俺をのぞき込むようにして、

「へんよ、あんた。ニヤニヤしたかと思ったら、急に真面目な顔をしたりして、顔面神経痛?　それともサッカーで負けたことをいつまでも考えてんの?　ホント、五組の男子は役立たずぞろいね」

球技大会の組み分けとポジションをくじ引きで決めたからな。運動神経のいいのはAチームに行っちまったんだよ。なんせBチームのディフェンダーフラット3は俺、谷口、国木田だったんだ。まあ、思う存分九組のフォワードにタックルしまくれたが、司令塔の位置にいてキラーパスを出しまくる古泉までには足が届かなかったのが残念だ。その九組も準決勝で六組に負けていたし、なんとなく古泉らしい中途半端な大会結果だぜ。わざとじゃないかと思うね。

「何言ってんのよ」

ハルヒはおかしそうに笑う。

「でも、古泉くんならそうするかもね。だって、九組だもの。あんたとか谷口みたいな頭のいいのを逆恨みしたバカが突撃して来て怪我しちゃバカバカしいものね。確かに中には鼻につくのもいるけど、あたしは九組の連中をそんなに嫌いじゃないわ」

まるごと他校に持っていったりしてたしな。いや、あれは長門がやったんだっけ。

俺が回顧録をひもといているうちに部室の前までたどり着いた。遠慮とかノックの習性なんぞをどこかに置き忘れているハルヒが勢いよくドアを開き、

「みくるちゃん、球技大会どうだった？　ところで冷たいお茶ない？　ずっとバレーしてたせいでまたノドが渇いてきちゃったのよ。水分不足ね、きっと」

ずかずか、どすん、という感じでいつもの団長机につく。

部室はすでに団員そろい踏み、長門と古泉は定位置にいて、完璧にメイド姿が板に付いてしまった朝比奈さんがお盆を抱くようにして立っている見慣れた風景は、レンブラントかルーベンスあたりをつれてきて忠実な模写を頼みたくなるくらいの決まりきったワンシーンだ。

「冷たいのはないです。すみません」

朝比奈さんは、さも手違いを詫びるように、

「あ、急いで冷やしましょうか？　冷蔵庫で……」

そういえば冷蔵庫が設置されているのである、この部室には。冷凍スペースのない小さなやつだが、鍋したときとか、缶ジュースを冷やす役なんかには立っている。まあ、俺のここでのメイン飲料は朝比奈さんの熱いお茶だから、カセットコンロよりは要らない備品だ。

「いいわ」

と、ハルヒは鷹揚に、

「冷やすのも手間だし、お茶は淹れたてが一番おいしいしね」

たちどころにハルヒと俺の席に二つの湯飲みが運ばれてきた。お茶くみ朝比奈さんの手際の良さも格段に向上している。この小間使い技能の上達を誉めるべきところなのかどうか迷うが、朝比奈さんはとても嬉しそうに、

「冷たいお茶ですかぁ。そうですね、今度は水出し式のを買ってこようかなぁ」
なんて、おっしゃっている。未来から来て仕入れる知識が茶葉関係のものばかりというのはいかがかと思わんでもないものの、俺の本音を言わせれば万々歳である。朝比奈さんにはあまりアチコチ動いてもらいたくはない。どっから見ても可愛いメイドさん以外の何者でもない朝比奈さんだが、やっぱり未来人は未来人であり、朝比奈さんが自分の事情でアタフタすることになるとそれは時間がどうのという話絡みに間違いなく、そして俺は古泉と違って時間の話を考えると頭が痛くなる。しばらくは難しい図形とは無縁でいたいね。

その古泉は、とっくに自分の椅子に座って一人オセロをやっていた。

「ずいぶん懐かしいものを持ち出してきたもんだ」

俺は茶をすすりながら古泉の手元に目をやった。考えてみれば、部室に備わった最初のボードゲームにして、しかも俺が持参したものだ。

「ええ、そろそろ僕たちが出会って一周年です。ここらで原点に回帰するのもいいかなと思いまして」

サッカーの試合中もにこやかだったが、部室に居座ってますます爽やかに微笑む古泉は、俺が返答する前にオセロの盤上を初期状態に戻した。

原点回帰ね。

過去を振り返るほどの長い人生を歩んじゃいないが、なんとなく言ってみたいセリフではあるな。

俺はマグネット入りのオセロの駒をつまみ上げつつ、ふと視線を横に滑らせた。オセロ。一年前。と聞くと一つの連想される姿があり、その姿の主は、今はテーブルのすみっこで静かに外国文学の学徒となっていた。

「………」

長門有希のひっそりとした読書姿。この宇宙人作成による有機アンドロイドが初めて感情っぽいものを露わにしたのは、ここで俺と朝比奈さんがオセロをしていた時だったという思い出も鮮明に。

そういや長門とガチでこの手のゲームしたことないな。わざとでもない限り、俺に勝ち目はなさそうだが。古泉にはたいがい負けない。これもわざとか？　ひょっとして。

それはそうとして、団長机に着席したばかりのハルヒは、しばらくの間けっこうおとなしい。まずパソコンを起動し、ネット巡回するのがいつもの日課だ。もちろんブラウザ立ち上げて一発目に出てくるのは我がＳＯＳ団のしょぼくれたサイトで、一日一回カウンタを団長自ら回すのが業務の一つになっている。その後は電脳世界内不思議探しと称されたネットサーフィンをおこない、たまにどっかから妙なフリーソフトをダウンロードしては勝手にインストールし、もはやこのデスクトップパソコンの中に何が入ってて何がないのか、俺にはさっぱり解らない。時折ハルヒにも解らなくなるようで、困ったときに呼びつけられるのはコンピュータ研の部長である。まあ適材適所はいいことだ。

春を前にしたたおやかな日の午後、球技大会の直後という総員やや疲労気味であるはずの時間は、割とのんびり進んでいるような気がしてけっこう心地いいものだった。オセロの調子もいいし、朝比奈さんのお茶もうまい。今日も何事もなく時間が過ぎて、このまま帰宅すべき時を迎える。

――と、そうなればよかったのだが、安息の日々は永遠に続くことはないのだった。

原点回帰。

まさにそんなことをつぶやきたくなるような依頼が、SOS団に舞い込んで来たからである。

そう、依頼だ。決してこっちから首を突っ込みに行ったわけでも、ハルヒが無計画に立ち上がった結果でもない。

その依頼人は部室のドアをノックすると熊の家に招かれた子鹿のように遠慮がちに入ってきて、そしてハルヒを喜ばせるようなことを言った。

自宅の近くに幽霊が出ると噂の場所がある。それを調べてくれないか。

「幽霊？」

　ハルヒは目を輝かせてオウム返しに、

「が、出るって？」

「うん」

　阪中は神妙にうなずき、

「近所で噂になってるのね。あれって、もしかしたら幽霊がいるんじゃないかって」

　阪中……下の名前は覚えてないが、俺とハルヒのいる一年五組のクラスメイトである。客用パイプ椅子に座り、朝比奈さんからお茶を振る舞われている阪中は、眉のあたりを曇らせながら、

「そういう話になったのは最近なのね。三日くらい前かな。あたしも何となく変だなって思ったんだけど……」

　客用湯飲みをくぴりと傾け、物珍しそうに室内を見回した。特にハンガーラックに満載されている朝比奈さんの衣装なんかを。

　俺はハルヒが張り切っていたバレーの試合を思い出した。女子Aチームでアタッカーハルヒと息のあったセッターを務めていたのが、この阪中だ。

はっきり言うとクラス内での俺の印象には薄い。というか、一年五組で一番目立っていたのは今はなき朝倉であって、あいつが消えちまってからその後釜に座るやつなどついに出なかった。現在のクラス委員が誰かなんてさっぱり知らん。それを考えると、谷口と国木田は他の同級生に比べるとハルヒの近くにいるほうだ。地球からの距離で言うと木星と天王星くらいの違いだが。

しかしハルヒはクラス内距離感などまったく気にしていないようだった。

「詳しい話を是非、聞きたいわ。幽霊……そう、幽霊。阪中さん、それ間違いなく幽霊なのよね？　だったらあたしたちの出番であることは疑問を挟む余地なんか全然ないと言って過言ではないわ」

今にも『心霊探偵』という腕章をつけて現場に飛び、ところかまわずキープアウトの黄黒二色テープを張り巡らさん勢いだ。

「待って。ね、待って、涼宮さん」

慌てたふうに阪中は手を振った。

「幽霊って決まったわけじゃないの。幽霊っぽいっていうかね？　そんななの。あくまでも噂で……でも、あたしもあの場所はおかしいって思うのね」

長門を含めた団員全員の注目の的となった阪中は、五人の視線を浴びていることにようやく気づいたように首をすくめ、

「あの……こんなの言いに来て、だめだった……？」

「ぜんぜんだめじゃないわ、阪中さん！」

ハルヒは雄叫んで、

「悪霊だろうが生き霊だろうが、地縛でも浮遊でも好きにすればいいわ。幽霊に会えるんだったらあたしはどこ行きの切符だって買うから。とにかくそう聞いて黙って座ってることなんてできないわね」

もともと黙って座ってることのほうが少ないだろうが。

「キョン、ちょこざいなツッコミはこの際ナシにしてちょうだい。幽霊よ、幽霊。あんた見たくないの？　それとも見たことある？」

ない。永遠になくていい。

ハルヒは昼寝から覚めて三十分経った幼稚園児のようなテンションで、

「でも目の前に出てきたら、ちょっとくらい話をしてみたいと思うわよね！」

すまん。思わん。

俺は瞳の中で漁り火を燃やしているハルヒから目をそらし、何かを言いかけようとしては口を閉じ、という仕草を繰り返している阪中を見た。

なんだって阪中が、こんな年度末も押し迫った頃に幽霊話を持って訪ねてきたりするんだ？　依頼人としては喜緑さん以来の第二号……って、あの七月に喜緑さんがカマドウマ話に続く悩み相談に来た直後、俺は即座に依頼人募集のポスターを引っぺがしゴミに出しており、奏功したか、あれっきりSOS団を校内の何でも屋と勘違いした生徒など一人も来なかった。もしや阪中は例のポスターが掲示されている間にそれを見かけ、内容をずっと覚えていたとでも言うのか？　だったらもっと有効な情報を記憶するのに脳細胞を使ったほうがいいぜ。

俺がそう言うと、あに図らんや、阪中は頭を振った。

「違うの。あたしが覚えていたのは別のやつね。なんだか渡されちゃって、それで捨てきれなくって家の引き出しにしまっておいたの。それ思い出して……」

阪中が鞄から取り出した一枚の紙切れ。古びたわら半紙を見て、朝比奈さんがロザリオをかざされた新米吸血鬼のようにたじろいだ。

「そ、それは……」

朝比奈さんのトラウマの元でもあり、そしてハルヒの輝かしきSOS団的行動第一弾、しかしてその実体は学校の機材を無断借用して刷られた一枚のチラシであった。

SOS団結団に伴う所信表明。

そこにはこう書かれているはずだ。

『わがSOS団はこの世の不思議を広く募集しています。過去に不思議な体験をしたことのある人、今現在とても不思議な現象や謎に直面している人、遠からず不思議な体験をする予定の人、そうゆう人がいたら我々に相談するとよいです。たちどころに解決に導きます。確実です……』

謎のバニーガール二人組が校門でまいていた、あのビラだ。この世の不思議を我が手につかまんとしていたハルヒが作成したトンデモ広告。

なんてこった。ハルヒの蒔いた種が本当に芽生えて飛んできてしまうとは。

しかも、やっとのことで一年度もつつがなく終わろうとしているこの時期に。誰の希望したカーテンコールだ？　アンコールの用意なんかしてなかったぞ。今更原点に回帰している場合か。

俺と朝比奈さんの雰囲気を感じ取ったのか、阪中は不安そうに、

「……ここ、SOS団ってところよね？　もう有名だし……。涼宮さんたちがやってるのって、そっち系のアレなんでしょ？　ホラーとか」

悪いが阪中。今のところホラー要員は欠番なんだ。ここにいるのは本好きの宇宙人やら、ミステリ好きの超能力者やら、目の保養になってくださる未来人くらいで、どっちかと言えばSFのほうが得意技っぽいな。それも、別段俺が得意にしているわけではない。

思わず黙り込んだ俺に反し、ハルヒは身を乗り出して得意顔。

「ごらんなさい、キョン。ちゃんと見てくれてる人は見てんのよ。ちっともムダじゃ

なかったでしょ？　やっぱ、やっといてよかったわ」

　ホントかね。こんなもん作ったことをハルヒ自身忘れてたんじゃないかと思うが。

「喜んでちょうだい、阪中さん。クラスメイトだし、特別にタダで解決してあげるから」

　確実にいえることは、いつどこから誰の依頼が来ても、ハルヒは金をせびろうなどとはしないってことだ。どうやらハルヒにとって最大の報酬とは不思議な依頼そのものらしいからな。依頼人が来た時点でお腹いっぱいなのだ。それは去年のカマドウマ事件で解っている。

「幽霊ね」

　ハルヒはニンマリと、

「最終的には除霊しちゃうとして、その前にとっくり身の上話を聞きたいわ。記念撮影用のカメラと、インタビュー用のビデカメが必要ね」

　俺以下、団員を無視してすっかり盛り上がっている。いかんな。このままでは本当に幽霊がデロ～ンと出てきかねない。ん？　阪中の話？

　ああ、幽霊なんて人間の騙されやすい視覚のせいでおこる見間違いとか、柳の下の枯れ尾花とかの気のせいに決まってる。マジもんが出てきた日には、それこそ人類が積み重ねてきた偉大なる科学体系崩壊の序曲さ。

　しかして、阪中も、

「だから、ちょっと待って欲しいのね。まだ幽霊って決まったわけじゃないの。違うかもしれない。でも他に思い当たるのがなくて……」

煮え切らない証言を始めた。

「おい、ハルヒ」

と、俺は素早く口を挟む。なぜならハルヒはすでに機材置き場を漁り始めていたからである。

「ちょっとは落ち着いて、阪中の話を聞こうぜ。事態はそう単純じゃなさそうだ」

「あんたが仕切らないでよ」

ぶつぶつ言いつつも、ハルヒはガラクタ箱から団長机に戻って腕を組んだ。阪中も俺もほっとする態度を隠せない。ここで、ようやく、俺は長門と古泉の表情を見比べる余裕を得た。

別に見なくてもよかったかもしれない。

両者とも、普段と変わりない顔色表情でいた。つまり古泉は無意味に明朗な微笑で、長門の表情はまったくの無風。いつもの反応だ。

しかし、どちらも興味深そうに阪中を見つめている。奇妙なことに、俺は二人の顔に共通する文字が書かれているような錯覚を覚えた。

——幽霊だって？　何を言ってるんだ、この人は。

とまあ、そんな感じのセリフをな。

さて、私見を述べさせてもらうと、俺は霊魂の存在を信じていない。テレビなんかでよくやってる心霊体験ドキュメンタリーなどは、よくできたエンターテインメントであって真実を告げるものではない、と確信している。

もっともこの確信もここ一年ですっかり砂上楼閣になりつつあり、なんたって俺は宇宙人と未来人とエスパー野郎とグルになって何やらかにやらと首を突っ込み、超常現象に慣れ親しんでけっこうな時間が経っているんだからな。

その気になればゴーストやファントムやレイスの一体くらい、ひょっこり顔を出さないとも限らないと心のどこかでは思っていた。だが異世界人とまだ出会っていないのと同様に、幽霊とも未だコンニチワの挨拶をかわしておらず、会ってもいない存在のことなど今から気に病んでいてもしかたがないので、そんな悩みからはダッシュでの逃走を完了させている。来たいなら来ればいい。だが、その面倒までは律儀に見てらんないぜ。そのような境地と言えば解りやすいかい？

と、まあ、俺は超然とするしか身の振りようもなかった。それで他のメンツはと言うと、

「幽霊ですか。それはそれは」

古泉は顎に指をあて、考え込む様子。

「はあ……それって、あのう……？」

朝比奈さんは疑問符付きの上目遣いで依頼人を見る。

長門は通常通り、

「…………」

どうやら俺の思いはハルヒをのぞく団員全員の総意でもあるようで、長門も古泉も朝比奈さんも、幽霊と聞いて真面目な顔つきになっていたりなどしていなかった。朝比奈さんなんか、そんな単語や概念に思い当たるフシがない、と言いたげにキョトンとしている。未来には宗教や祖霊崇拝の習慣がないのかもしれない。今度聞いてみよう。どうせ教えてくれたりはしないだろうが。

いくら俺でも一年五組の教室で話す相手がハルヒ・谷口・国木田オンリーなんてことはなく、他の同級生たちともそこそこ日常会話をやってたりするんだが、さすがに相手が女となるとコミュニケーションレンジも狭くなる。

脳みそをまさぐっても会話した記憶がなかったからよく知らなかったが、阪中はあまり話の得意なほうではないらしかった。

なので要所要所を抜粋してお送りする。

「あのね、最初におかしいなって気づいたのは、ルソーだったの」

と、阪中はハルヒに向けて言った。

「ルソー？」

と、ハルヒは当然眉を寄せる。

「うん。家で飼っている犬。ルソー」

たいそうな名前の犬だ。

「朝と晩、あたしが散歩させてるのね。ルートはいつも同じだったの。飼いだした頃はいろんな道を歩くようにしてたけど、今は毎日同じ通りを通ってるのね。あたしもすっかり歩き癖がついちゃって」

そんなことはどうでもいい。

「ごめん。でも重要かも」

どっちだ。

「キョンは黙ってなさい」とハルヒ。「さ、続けて」

「いつも同じ道で、それでルソーも喜んで歩いてたのに、それが……」

口ごもったのち、阪中は小声になった。怪談の演出か。

「一週間くらい前、ルソーがそれまでの道をいやがるようになったのね。リードを引っ張っても、こう」

阪中は両手で地面にしがみつくようなポーズを取る。暖かい場所から離れようとしないシャミセンの姿とそっくりだ。

「こんな感じでビクともしないの。うん、途中までは平気なんだけど、そこからそんななのね。変だなって思ったんだけど、それがいつもそうなっちゃって。だから今は散歩のルートを変えちゃった」

そこまで説明して、阪中は湯飲みに口を付けた。

なるほど、哲学者みたいな名前の犬が突然散歩コースをいやがるようになったと。

で、その話のどこから幽霊が出てくるんだ？

「幽霊は？」とハルヒ。

俺の疑問はハルヒの疑問でもあったらしい。

「だから、」

阪中は湯飲みを置いて、

「幽霊かどうかは解らないの。噂だから」

その噂の出どころを聞きたいんだが。

「いろいろ。家の近所、犬を飼っている人が多いの。散歩してるとよく会ったりして、話もして、ルソーも友達ができて嬉しそうだし、あたしも知り合いの人がたくさんできたのね。一番初めはシェルティを二頭飼いしてる阿南さんだったかな、やっぱり散歩してて、その道だけはどうしても歩こうとしなくなったって。しなくなったのはその、犬さんたちなんだけど」

人間は何も感じず闊歩できるのか。

「うん、そうなのね。あたしも特に変なこと感じないし」

なかなか本題にいかない。肝心なのは幽霊の二文字だろ。

「それなのよね」

阪中は顔を曇らせて、

「ある日から、近所の犬さんたちが、ある地域にどうやったって近寄らなくなったの。飼い主さんたちの間ではそれが今のメインの話題になってるのね。ノラネコもそこそこいたんだけど、すっかり姿を見なくなったし……」

ハルヒはふんふんと聞いている。メモを取るようにシャーペンを握りしめていたが、のぞき込めば書いているのは犬と猫のギャグタッチなイタズラ描きだ。だったが、ハルヒはおおよその展開をつかめたようだ。

「きっとそのあたりに幽霊がいるから動物たちが立ち入らなくなって、でもそれは犬とか猫には見えるけど、人間には見えないってわけなのね？」

「そうなの。そういう話になってるのね」

我が意を得たりとばかりにうなずく阪中は、

「もう一つ、気になることがあって。あのね、多頭飼いしてる樋口さんて人がいるのよ。その人とワンちゃんたちもあたしの犬仲間なのね」

さも恐ろしそうな口調で、

「そのうちの一匹が昨日から具合を悪くしてるんだって。今朝の散歩に連れてきてなかったの。立ち話程度だから詳しく聞いてないけど、動物病院に通院中みたい」

阪中の生真面目な目がハルヒに注がれる。

「これってやっぱり幽霊だと思う？　涼宮さん」

「そうねぇ」

ハルヒは組んだ両手に顎を乗せ、考え込むように目を細めた。この話だけではなんだか解らないが幽霊だったらおもしろそう、ってな顔つきである。

「現時点では何とも言えないわ」

意外にもハルヒは慎重な言い回しで、ただし唇の端をピクピクさせながら、

「でも、その可能性は大いに有りね。犬とか猫って、人間には見えないものを見たりするって言うしさ。そのナントカさんの犬っころも、幽霊見たショックで寝込んでんのかも」

その意見に挙手して反論することは俺にもできんな。なぜなら、シャミセンが何もないはずの部屋の隅をじっと眺めていたりすることはよく見かける光景だからだ。猫飼ってる人には納得とともに賛同を得られると思うがどうであろう。だが猫は犬と違って、たとえ幽霊を目撃したとしても寝込んだりはしない。それも猫飼ってりゃ解るぜ。

俺が自宅の三毛猫に関する記憶を召還していると、ハルヒが椅子を蹴るようにして立ち上がった。

「だいたいのことは飲み込めたわ」

俺に解ったのは、犬猫が立ち入り拒否する地域があるということだけだが。

「充分よ。こうなったら部室で推理合戦するより、いち早く現場に急行するのが正しいわ。たぶんそこには動物ならではの本能が危機を感じる何かがあるはず。幽霊かオバケか妖怪か、そんなのがね」

それか、もっと怪しいものかだな。俺は十九世紀半ばのヨーロッパを徘徊する共産主義のごとき姿のない妖怪を幻視して身体が冷えた。幽霊なら説得次第で成仏してくれるかもしれないし、オバケまたは妖怪ならゴーストバスターか妖怪ポストを探せばいいが、コズミックホラーに出てくる名状しがたきものとかに取り憑かれたらどうすんだ。

と、考えたところで俺の目は自然に長門の方を向く。

前回の依頼人にして今は生徒会書記の地位にいる喜緑さんは、長門の関係者だった。ということは、まさかこの阪中も……。

しかし俺はすぐにこの仮定を放棄した。長門は開いた本から顔を上げ、珍しく興味を引かれたように阪中の話を聞いていたからである。そのそっけないほどに白い顔にあったのは——ここは自慢したいところだ——俺にだけは解る表情の変化だった。長門は考え込むような表情を一ミクロンほど浮かべている。すると、阪中が奇妙な話を帯同させて来た今回は、長門にもイレギュラーな出来事なのだ。

ついでに古泉の顔色もうかがってやる。目が合うと、古泉は小さく肩をすくめて唇に微苦笑を刻んだ。腹立たしいことに、俺の言いたいことは着実に伝心されたようだ。僕の仕込みではありませんよ——と、古泉は態度で表明し、そんなボディランゲージが解ってしまう俺もすっかり古泉に慣らされてしまったようでヤな感じ。

もう一人のお方に関しては言うまでもない。朝比奈さんは完全な無関係ぶりを発揮して、そもそも話についていけてないんじゃないかという印象すら受ける。仮に幽霊騒ぎの原因が時間絡みだったのだとしても、この朝比奈さんではどうにもなるまい。朝比奈さん（大）を呼ばないと。

「じゃあ、みんな」

ハルヒが気勢を上げた。

「今から出発するわよ。いるものはカメラと……幽霊捕獲装置はないわねえ。できれば西夏文字で書いたお札が欲しかったんだけど」

「必需品なのは市内の地図ですね」

古泉が付け加え、阪中に笑みの矛先を向けた。

「実地検分をしてみたいと思います。あなたの家のルソー氏にも協力願えますか？」

こいつも乗り気でいるらしい。市内を意味なく探索するパトロール、ついぞ不思議な場所など発見できなかったが、こうして疑惑の土地が労せずして飛び込んでくるとは。

「いいよ」

阪中は古泉のハンサム面にうなずいた。

「ルソーの散歩のついでなら」

お目目をパチクリさせていた朝比奈さんだが、

「あっ、あっ。そうなら、着替えないと」

メイド服を押さえて慌てだす。急がないとこのままの格好で外に連れ出されることを恐れているようで、ハルヒなら有無を言わせず引っ張っていきそうだったのだが、

「そうね。みくるちゃん、着替える必要があるわ。その格好はふさわしくないもの」

常識的なことを言い出した。

「で、ですよね」

朝比奈さんは安堵の表情で頭のカチューシャに手を当てる。

それならそれと、俺と古泉は部室を出ないとな。俺はともかく、古泉に無用のサービスシーンを提供してやるわけにはいかん。

俺が部室を出ようと背を向けかけたとき、ところがハルヒは予想外のセリフを放った。

「でも、みくるちゃんが着るのは制服じゃないわ」

「え？」

困惑の声を漏らす朝比奈さんの横を素通りし、ハルヒはつかつかとハンガーラックに歩み寄った。喜色満面で衣装の中から選び出したのは、

「これよ、これ。幽霊退治にもってこいの服でしょ？」

ハルヒの手にかざされているのは、丈の長い白衣に緋色の袴のツートンカラー。古式ゆかしい日本の民族衣装の一つ、であるところの……。

朝比奈さん、思わず後ずさり。

「それは……そのぅ……」

「巫女さんよ、巫女さん」

いいこと思いついた、と実感しているとき特有の笑みを浮かべ、ハルヒは巫女装束を朝比奈さんに押しつけた。

「お祓いにはこれが一番よ。袈裟の用意はないし、あってもみくるちゃんを丸坊主に

してしまうのは気が引けるしさ。どう、キョン。あたしだって考えなしに衣装を持ってくるわけじゃないんだからね。ほら、ちゃんと役に立ったでしょ？」

下校するのにメイドか巫女のどっちが目立たずにすむか……って、そういう問題じゃないだろう、という俺のリアクションを言わせる間もなく、俺と古泉は仲良く部室棟の廊下に叩き出された。

室内からはお馴染み、朝比奈さんの衣服を着せ替えることに喜びを見いだすハルヒの声と、剝かれている朝比奈さんの可愛らしい悲鳴がＢＧＭとなって聞こえている。

この機会に訊いておくことにする。

「古泉」

「なんでしょうか。初めに言っておきますと、僕には幽霊と聞いて思い当たる事柄は何もありませんよ」

古泉は前髪を指先で弾いて柔和に微笑む。

「じゃあ、何だ？」

「今の段階で言えることはほとんどありませんね。いずれも憶測の範囲を出ません」

何でもいいから言ってみろ。

「犬たちが一斉に特定の地域を忌避するようになった、という話ですよね。ではここでクイズです。人間よりも動物、特に犬が優れている特性は何ですか？」

「嗅覚だろ」

「そうです。阪中さんの散歩コースの途中に、犬が嫌う臭いを発するものが埋まっている、あるいは埋められた可能性があります」

耳にかかる髪を払いつつ、古泉は笑みを崩さない口のままで、

「一つ考えられるのは、有毒ガス弾ですね。どこかの軍事的組織が搬送の途中で落としたとか」

んなアホな。軽トラに積んでいた荷物が落っこちたレベルの感覚で有毒ガスを運ぶわけないだろ。

「または放射性物質です。もっとも、動物がどこまで放射能を関知できるのかは僕も詳しくありませんけど」

毒ガスとどっこいだろ。まだ不発弾のほうがすんなり受け入れやすいぜ。

「ええ、それもあり得ます。もっと現実的なことを言えば、人里に下りてきた熊がそのあたりで冬眠中で、そろそろ目覚める気配を犬たちが感づいたということも……」

ねえよ。この辺の山にイノシシはいても熊はいねえ。

「ですから」と古泉は優雅に腕を組む。「曖昧な伝聞情報からでは、このように何とでも考えられるんですよ。唯一無二の真相を看破できるのは、すべての情報が出そろい、かつ論理的な思考と想像力の飛躍、および若干の直感を複合的に連動させた場合

に限られます。中でも一番重要なのは情報の確定ですね。どこの時点ですべての手がかりが出そろったのか、それを見極めるのは並大抵ではありませんから」

ミステリ談義がしたいならミステリ研でやってくれ。何も考えて解決しようってんじゃないんだ。こんなもん、ハルヒのやろうとしている通り、現場に行って怪しいものを発見すりゃいいんだ。簡単に解決するだろ。ひょっとしたらハルヒは地面をめったやたらに掘り返し、下手すりゃ卑弥呼が中国の皇帝からもらったという金印を掘り返してしまうかもしれんが、そんなことになったら考古学会のお歴々が卒倒するかもしれんから考えたくもないとして、それはともかくミステリがしたいなら次の合宿でやって欲しいものだ。

「純粋な思索によって真実を明らかにする思考実験こそがミステリの醍醐味なんですけどね。調べたら解るような事件に娯楽性はありません」

わけのわからんことを言いつつ、古泉はもたれていた扉から身体を浮かせて横に移動した。

途端、ドアが開いて勇ましい団長が朝比奈さんの手を引いて姿を現す。

「準備万端、これでオッケーね。みくるちゃん、とってもいい感じよ。どんな悪霊だって速効で昇天するわ」

「うう……」

おずおずと出てきた朝比奈さん巫女バージョンは、恥ずかしそうにうつむいてよろりと足を踏み出した。この姿を見るのは三月三日のひなあられ撒きイベント以来だ。いつの間に作ったのか、神に仕えるべき衣服をまとった朝比奈さんは、紙垂を先端に取り付けた棒まで持たされている。これをフリフリしながら祝詞を唱えられたら、確かに悪霊でなくても昇天しそうなお姿だ。可愛い。

二人の後から、「うーん、何もそこまでしてくれなくても」という具合に首をかしげた阪中と、透けてない幽霊みたいな足取りで長門が廊下に並び、これで学校を去る準備は整った。

まさか本当に除霊することにはならんだろうと思いたい。なんせ祓魔の役割を勝手に押しつけられたお人がお人だ。パートタイムのコスプレ巫女が即席のお祓い棒を振ってカタがついたりしたら、平安期藤原政権全盛時代の陰陽師の方々に申しわけない。ま、春先だしな。人間もそうだが、この時期、犬猫だっていろいろ情緒不安定になる季節なのさ。

と、常識的にはそう思ってしかるべきなのだが。

いかんせん、ハルヒが何やら期待にあふれた顔をして動き出すと、たいていなにがしかのケッタイなことに巻き込まれることになっている。おまけに最近ではハルヒ以外のメンツ、古泉や朝比奈さんや長門までが独自に事件を運んでくるようになっているのだから、まったく、たまには俺も何かやらかしてやろうかと思い詰めるくらいだ。もっとも、俺はこのSOS団団員以外に非常識的な存在を知らないので叶わぬ想いというやつである。

それも込みで今日の場合を考えると、謎の持ち込みをしてきたのはどっからどう見ても普通のクラスメイトである犬好き女子生徒で、この阪中がわざわざ幽霊ルートへ分岐するシナリオなんてものを書いてくるはずはないから、本当にマジもんの幽霊が出てくるはずもなかろう。特に朝比奈さんの説得で消えてくれるような、解りやすい幽霊なんてものが市内をフラフラしてるんだったら、とっくに部室にさまよい込んでいるような気がする。第一、今は幽霊の出る季節じゃない。

俺はそう考えて、巫女装束の朝比奈さんをほんわりと眺めつつ両眼を安らがせていた。

いや、もう――。

幽霊よりももっと説明しにくいものがお出ましになるとは、思っていなかったからな。

阪中の家は北高から続く山道をどんどん下った坂の下にあるローカル駅から電車に乗り、さらに本線に乗り継いで一駅行ったあたりにあるそうだ。ちょうど俺たちSOS団が毎度集合場所に使う駅とは逆方向で、俺も滅多に行くことはないが、確かなかなかの高級住宅街が広がりを見せている土地柄だった。

近隣の住人でなくてもその辺りの地名はセレブリティがいっぱい住んでいることで有名なので、よもやと思って訊いたところ、なんと阪中は正真正銘のお嬢さまであることが判明した。父親はどっかの建築関連会社の社長さんであり、兄貴は名門大学の医学部に通っているらしく、まさか自分のクラスメイトに良家のご息女がいようとは、もうすぐ学年末になろうかというこの時期になるまで想像外だった。

「そんな、たいしたことないよー」

阪中は電車の中で謙虚に手を振る。

「お父さんがやってるのは小さな会社で、お兄ちゃんも国立大学だもん」

それは金のかからないところを無理して選んだというより、単に頭がよかっただけだと思うぜ。それはともかく阪中の兄貴は妹からお兄ちゃんと呼ばれてるのか。今の俺にはひたすら懐かしい、いい響きを持つ言葉だ。

俺は自宅の妹の、にへらっとした笑顔を思い浮かべつつ、電車内を見回した。

阪中の家に向かう道すがらなので、当然俺たちは一塊りになっている。SOS団のメンツに加えて同級生一人という人数は仲よく下校するグループにしては多いような気がするが、私鉄電車の中ではそうそう目立たない。なぜならこの時間、車両は下校する学生たちで埋め尽くされているからである。特に光陽園女子の制服姿が多く、というか満載で、俺たちのような北高生は私立の匂い立つような女子高生パワーによってすっかり片隅に追いやられていたが、なぜか興味津々な視線がこちらに向かって飛んでくる。

「ううう……」

べそかき寸前のような顔になってつり革につかまっている朝比奈さんがその原因である。

そりゃぁまあ、巫女さんの姿で満員電車に乗っていればイヤでも目立つことは間違いなく、たとえ本職の巫女さんでも白衣に紅袴という格好で通勤しないであろうことを考えれば、視線を集めないほうがかえって不思議現象だ。

もっとも朝比奈さんにはかつてバニーガール姿で電車に乗り、そのまま商店街を練り歩いたという前科があるから、それに比べたら露出が少ないぶんマシだと解釈してあげたい。

しかし朝比奈さんに巫女装束を強いた非道なる犯人、ハルヒは居合わせた乗客たちの珍奇なものを見る目つきなどまったく意にも介さずに、

「みくるちゃん、悪霊をやっつける呪文か祝詞かお経でもいいけど、何か知ってる？」

「……し、知りません……」

朝比奈さんは終始うつむいたまま背を丸め、小さくなってか細く答える。

「ま、そうよね」

羞恥によって縮こまる朝比奈さんとは対照的に、ハルヒはひたすら元気だった。

「有希は？　読んだ本の中に悪魔祓いとかエクソシストのやつなかった？」

「…………」

長門はぼんやりと窓の外を駆け抜ける風景を眺めていたが、ゆっくりと首を傾け、また戻すという動作を二秒ほどかけておこなった。

長門の言いたいことが俺には解ったが、ハルヒにも解ったようで、

「ふうん、そう」

あっさり納得し、

「いちいち覚えてなんていないわよね。でもだいじょうぶよ、あたしが覚えているヤツがあるから、みくるちゃんにはそれを唱えてもらいましょ」

いったい何を唱えさせるつもりだ。もしそれで変なもんを召喚しちまったら、責任は朝比奈さんでなくてお前がとれよ。言っとくが俺は逃げるからな。

「バッカ」

ハルヒはとことん嬉しそうだ。

「そんなすごい呪文を知ってたらとっくに試してるわよ。実はね、中学の時にちょっとやってみたことがあるの。魔術書みたいなのを買ってきて、その通りにしてみたわ。でもなんにも出てこなかった。あたしの経験上、流通ルートに乗っている本に書いてあることは役に立たないわ。あ、いいこと思いついた」

ハルヒの額十センチ上空で電球が瞬く様が見えた気がした。また要らんことを思いつかせてしまったようだ。

「今度の市内パトロールは古本屋さんと古道具屋さんを巡りましょ。怪しい店主が店番してる古くさい店を狙って、本物の魔術書とか儀式に使えそうな道具を探すの。擦ったら魔神が出てきそうなやつ」

その魔神が願い事を三つほど叶えて素直に壺に戻ってくれるのならいいが、ハルヒのことだ、封印されていた恐怖の暗黒大魔王を解放しちまって世界に恐慌を巻き起こしそうだから不安なのである。いつの間にか悪霊退散の話が完全に逆になっているし、市内にある古書店とアンティークショップがハルヒの目に留まる前に店じまいしてくれることをひそかに願うのみだ。

そんな俺の胸中を読みとったのか、隣に立って揺られている古泉がフッと笑う。つり革を持たずに立っているのは両手がふさがっているからで、古泉は片手に自分の鞄、もう一方に朝比奈さんの鞄を持っている。ちなみに俺も自分の荷物以外に袋を肩にかけていて、そこには朝比奈さんの芳しい制服が入っていた。せめて着替えてお帰りになっていただこうという配慮である。制服を部室に置きっぱなしにして、明日も巫女衣装で登校するようなことになれば、朝比奈さんは学校を休みかねず、そんなことになったら放課後俺は何を飲んで喉を潤せばいいんだ？

「ご心配なく」

安易に請け負ったのは古泉である。

「お茶くみのほうは僕の手に余りそうですが、朝比奈さんの登下校くらいは簡単です。僕が手配して送り迎えのハイヤーを、」

と言いかけたので黙らせた。どうせそのハイヤーを運転しているのも『機関』とやらのメンバーだろう。新川さんだけならまだいいが、あの年齢不詳の森さんからはちょっと怪しい気配がする。ひょっとして古泉の上司なのではないかと疑っている程度の怪しさだが。それにその二人以外の誰かだったりしたらなおのこと不審だ。古泉の組織には朝比奈さん誘拐騒ぎの時の借りがあるとはいえ、借りは一つで充分だろう。

古泉はまたフフッと微笑んで、

「森さんにそうお伝えしておきますよ。おそらく苦笑されるでしょうね」

電車ががくんと揺れて、減速を開始した。降りるべき駅はもうそこだ。

今考えるべきは『機関』内の組織図でも、次の市内探索紀行のことでもない。

さて、阪中の犬の散歩コースに、いったい何があるというのかね。

駅から出た俺たちは、阪中を先頭に再び山の方を目指すことになった。ただし北高へ至る道とは違って比較的平坦な市街地の中で、心なしか道行く人々が全員オシャレに見える。幸い巫女さんの交じっている我が一行は、担当地域の平和維持に励む勤勉なポリスマンに職務質問を受けることもなく歩くこと十五分程度、そこに阪中の家があった。

「ここなのね」

阪中が普通に指差した建造物を見て、俺は生まれの不幸を嘆く言葉を即座に五つほど編み出した——くらいのそれは豪奢な家だった。いかにもお金持ちが住んでますみたいな、外壁から玄関から立派なオーラが出ている三階建て一軒家、それも芝生の広がる開放的な庭つき。

さすがに鶴屋さんの純日本風大家屋のような桁違いの敷地面積はないが、近代的なぶん俺みたいな素人の高校生にも高級感のほどが理解できる。表札の横には当たり前のようにセキュリティ会社のステッカーが貼られ、屋根付きガレージには外車と高級国産車が二台ほど停まっていて、さらにもう一台停められそうなスペースがあった。どんな善行を積めばこんなところに生まれて育って住めるんだ？

俺がなんとなく憮然としてると、阪中はさっさと門扉を押し開いてハルヒに手招き。ハルヒはハルヒで当然のような顔をして上がり込み、長門、古泉、朝比奈さんもそれに続いた。最後尾が俺。

「ちょっと待ってて」

阪中は鞄から鍵を取り出し、玄関ドアの鍵穴に差し込む。なんと鍵の種類も三つあり、

「面倒なんだけどね」

と言いつつ、阪中は慣れた手つきで解錠していく。家に誰もいないのかというとそういうわけではなく、母親はいるのだそうだ。ただ施錠が習慣化しているだけらしい。

ハルヒは庭の芝生に目をやっていたが、

「犬はどこにいるの？」

「ん、もうすぐ」

阪中がドアを開くや否や、

「わわんっ」

というような鳴き声とともに、白い毛糸の塊のようなものが飛び出してきた。短い尻尾を振りまくりながら阪中のスカートにじゃれつく小型犬を見て、

「わぁ……かわいい……！」

朝比奈さんが目を輝かせてしゃがみ込んだ。その手にさっそくお手をして、さらに巫女姿の周りをぐるぐる走るつぶらな瞳の白い犬には、どう見ても血統書が額に入って付いていそうだった。

「ルソー、お座り」

飼い主の言葉に即座に従うあたりも躾が行き届いている。朝比奈さんはやわやわとルソーとやらの頭を撫でながら、

「あの、だっこしても……？」

「うん、いいよ」

朝比奈さんは不器用にその小型犬を抱き上げ、ルソーくんはわふわふ言いながら客人の頬をぺろりとなめた。こういう犬になれるんだったら来世は犬でもいい。

「これがルソー？　電池で動くオモチャみたいね。何ていう犬？」

朝比奈さんにきゅっと抱きしめられても大人しくしている性格よさげな犬の頭をつっつきつつ、ハルヒが尋ねる。

「ウェストハイランドホワイトテリアですね」

古泉が阪中より先に舌をかみそうな種族名をすらすらと答え、博識ぶりを無駄にアピールしやがった。阪中は「よく知ってるね」と言いつつ朝比奈さんの抱擁を受ける

飼い犬に慈しむような目を向ける。

「可愛いでしょ」

確かにな。むくむくとした白い毛並みと、それに埋もれるような黒い目がまるでヌイグルミのようだ。ウチの家でゴロゴロしている元ノラの雑種三毛猫とは、生まれも育ちもカースト制度のてっぺんと最下層くらいの差があるね。マハラジャとジャンバラヤくらいに違う。まあシャミセンもあれはあれでアタリの猫なんだが。

長門はまるでシャミセンがそうするように、十秒ほどホワイトテリアのルソーを瞬きせずに観察していたが、やがて興味を失ったように再び視線を茫洋たるものにした。

ふむ、こいつの気になるものは少なくともこの犬にはないらしいな。

「ちょっとみくるちゃん、いつまでそうしてんのよ。あたしもその犬っころで遊びたいわ」

ハルヒの言葉に、朝比奈さんは名残惜しそうにルソーを手放し、見知らぬ人間が大勢いることにハイになっているのか、ルソーは跳びはねながらハルヒの手元に飛び込んだ。がさつな抱き方だが、ハルヒに文句も言わずルソーくんは尻尾を振り続ける。

「ふっかふっかね。このジャン・ジャック」

おいハルヒ、人んちの犬を勝手に改名するなよ、と俺がつっこむより早く、

「あはは。涼宮さん、それ、あたしのお父さんと同じ呼び方」

くしくも阪中の親父さんと同センスであることを露呈したハルヒだったが、いっこうに気にすることもなくフランスの哲学者みたいな本名を持つらしい犬に高い高いをしながら、

「で、ジャン・ジャックが不思議なものを散歩のルートで嗅ぎつけたっていうわけね。そうなのね？」

犬に向かって話しかけているが、当然ルソーは尻尾を振るばかりで答えず、飼い主がうなずいた。

「うん、まあ。でも不思議なものかどうかは解らないけど。ルソーだけじゃないし、他の犬さんたちもだし、何だか不気味でしょ。それで幽霊じゃないかって噂に」

阪中もその犬仲間もずいぶん短絡的だと思ったが、それは幽霊なみに不思議な存在、たとえば未来人とか宇宙人とか超能力者とかの実存を知らされている俺だから思える感想なのかもしれない。しかし朝比奈さんや長門や古泉には実体があってちゃんと目にも見える。目に映らないのに犬たちが怯えるインビジブルなものとは何だ？　マジで地縛霊？　まさかな。

その後、阪中は家に上がってお茶でも飲んでいくことを勧めてくれたが、一刻も早く不思議ポイントに辿り着きたいハルヒはその申し出を固辞、阪中が着替えるために

部屋に行くのとすれ違いに玄関までやってきた彼女の母親は、いくら目をこらしても阪中の年の離れた姉くらいにしか見えないという、しかも物腰から口調から服装から何もかも好印象な美人だった。たまげた。

美人の阪中母は朝比奈さんの巫女姿に目を細め、俺たちが来訪した理由を聞いてころころと笑い、娘がルソーを甘やかしすぎて困るという話を上品にして、そのような奥様を前にして普通に応対していたハルヒはさすがである。俺なんかすっかりしゃちほこばってしまい、汚れた靴で玄関口に立っているのも申し訳ないような気分になっちまってたのに。

阪中母は帰りにはぜひ娘の部屋にでも上がっていくように進言してくれて、ひとしきり和やかな時間が経過したあたりで普段着になった阪中が下りてきた。

「お待たせー」

ふう、とりあえず春先の一等地を散歩としゃれこむか。

荷物を阪中邸に置かせてもらい、俺たち六人と犬一匹は玄関を後にした。ホッとした気でいるのは俺だけか？　ひょっとして。

どういうわけかルソーの首輪に繋がるリードを持ったハルヒがまっ先に道路に飛び出し、

「行くわよ、J・J！」

また自前のニックネームを叫んだかと思うと、小走りで駆けていく。J・J・ルソーも手綱を握っているのが会ったばかりの他人だということも気にせず、嬉しそうについていくのは古代から番人として人とともに歴史を歩んできた犬としてどうなんだろうね。

「あっ、涼宮さーん、そっちじゃないのねー。こっち、こっちが散歩コース！」

スコップと犬用はばかり袋を持って追いかける阪中と、立ち止まって笑顔で戻ってくるハルヒを眺めながら、この二人は意外にいいコンビになるのではないかと思い始める俺だった。

犬という動物はよほどの偏屈か病を患ってでもいない限り散歩が大好きであり、その血脈的趣向はルソーにも受け継がれていた。ちょこちょこ歩く白い小型犬の後を、これまたちょこちょこと朝比奈さんが微笑みながらついていく様は、格好が格好だけあってどこかファンタジーの世界の出来事のようでもあった。

ちなみにハルヒにヒモを持たせていたらどっちがどっちを散歩させているのか解らないようなことになりそうだったので、途中から飼い主の阪中がリードを握り、主従一体となって街中を進む後を、その他SOS団団員がのんびりと歩いている。

「どっち？　J・J、もっと速く走れない？　ほらほら」

ルソーの横に並ぶようにしてハッパをかけるハルヒに、

「それじゃ速いよ、涼宮さん。走るんじゃなくて歩くの」

やんわりと答えつつルソーに引っ張られる阪中だった。

放っておくと犬よりも先行しそうなハルヒと、ひたすら犬の後を追う朝比奈さんはさておき、長門は黙々、そして古泉が一万分の一市内地図を広げてついてくる。

俺は古泉の手元を覗き込みながら、

「どうすんだ？　そんなもん眺めてよ。観光名所でもあんのか」

尋ねたところ、古泉はポケットからペンを取り出して、

「犬が近寄りがたく思っている地点を調べようと思いましてね。隅々まで歩かずとも、だいたいの位置なら地図上に図形を描くことで解ります」

ああ、そういうのはお前に任せるさ、この図形好きめ。たとえ犬たちが通ることすら回避しようとする場所があろうがなかろうが、阪中家の飼い犬の元気さを眺めているだけで俺はすでに単なる散歩気分だ。犬飼いたくなってきた。こんな大層なやつでなくてもいい。雑種で充分だからさ。見たところ、ハルヒも幽霊話なんかすっかり忘れてるんじゃないかね。ルソーとじゃれ合うようにウサギみたいに飛び跳ねてるし。

普段着なのは阪中だけで後は全員制服、おまけに巫女一名、ついでに犬というよく

解らん一団と化した俺たちは、阪中とルソーのいつもの散歩コースを忠実に再現して歩いていく。それが普通なのか性格的なものなのか、阪中は相当おっとりとした感じで歩を進めている。方向性としては東に向かっている感じ。このまま真っ直ぐ行くとあの川にぶち当たるな。朝比奈さんの未来人告白を受けたり、亀投げ込んでまた拾い上げてメガネくんにやったりした、あの桜並木沿いの川だ。ちょうど犬の散歩にも手頃そうな遊歩道もあった……。

　と思っていると、阪中の足がピタリと止まった。

「あ。やっぱりここで止まっちゃうのね」

　ルソーはしっかり四肢をつっぱってアスファルトを踏みしめていた。阪中がリードを引いても、首に力を込めて後ずさり。

　くーん、と悲しげな声を出されては飼い主のみならずこれ以上は、という気分になる。

「へぇ」

　ハルヒがやっと目的を思い出したように目を丸くした。次いで周囲を眺める。

「別に怪しいところがあるようには見えないけど」

　宅地の中だが、川が近いこともあって緑が目立つ。北の方を見上げると北高と似たような標高を誇りそうな山々の稜線が彼方に見えた。ここらに熊はいないが猪ならたまに降りて来るという話を聞いたことがある。しかしそれにしたってこんな駅近くの市街地までとなると相当規模で珍しく、そんなニュースには未だお目にかかったことはない。

阪中は言うことを聞かないルソーのリードを握ったまま、

「先週まではここを真っ直ぐ行って、土手の階段を上がって川沿いの道を歩いてたの。しばらく歩いてまた降りてきて家に帰るってコースね。でも一週間前からルソーが川に近寄らなくなっちゃって」

朝比奈さんが膝を折って動かなくなったルソーの耳を掻いてやっている。そのピクピクしている白い耳を眺めつつ、ハルヒは自分の耳たぶを摘んだ。

「その川が怪しいんじゃない？　有毒物質が流れているのかもしれないわ。上流に化学工場みたいもんでもあるんじゃないの？」

そんなもんがないことは俺たち北高生が一番よく知っているだろう。この川を上っていけばそのまま俺たちの通学コースにぶち当たる。本当に山しかなくて毎日ウンザリしてるじゃねえか。買い食いする場所すらろくすっぽないような田舎だぞ。

「それがね」と阪中は説明を続行。「川でももっと上の方とか、下流の方ならちゃんと散歩できるみたいなのね。樋口さんや阿南さんが言ってたから」

「そうなの」

ハルヒは朝比奈さんの手の甲をぺろりと舐めるルソーをじっと見ていたが、いきな

りその白い高貴な毛並みを持つ愛玩動物を抱え上げ、

「じゃあさ、J・J、とにかく、ここだって場所まで案内してちょうだいよ。そのポイントに来たらここほれワンワンしてくれたらいいから。さ、行きましょ」

強引に歩き出そうとしたハルヒだが、阪中が握りしめるリードの長さまでしか進めなかった。なぜならルソーは途端に悲しげな声でくぅんくぅんと鳴き始め、飼い主もまた一歩も動かなかったからである。

ルソーと同じくらい悲しそうな顔になった阪中の主張するところによると、たとえ何であれ飼い犬がしょんぼりするところは見たくないのだそうだ。

「あたしルソー怒ったことないの」

ハルヒの腕からルソーを取り返し、阪中は頭を撫でながら、

「知ってる？　飼い主に怒られてショックで死んじゃう犬もいるんだって。そんなことになったらあたしも死んじゃいそう。だからね？」

呆れるくらいの犬バカだ。いくらいいとこのお嬢さまでも飼い犬を甘やかしすぎだろう。ウチのシャミセンを一度ホームステイさせてやりたいな。きっとそこにはシャミセンにとってのパラダイスが広がっているはずだ。

さしものハルヒも口を半開きにしてルソーを抱きしめる阪中を眺めていたが、朝比奈さんは納得したようにうんうんとうなずいている。かくも短時間で朝比奈さんの心

を奪った犬ふぜいに軽く嫉妬を覚えていると、

「そこまで強引に連れて行くことはありませんよ」

古泉が柔和に割って入ってきた。地図をひらひらさせながら、

「今、僕たちがいる現在地が」

と、地図上に赤ペンで印をつけて、

「ここです。犬たちが何らかの危機意識を感じているという地点はここから先、延長線上にあるはずですね。または地点というよりは地域と言うべき範囲に広がっているのかもしれませんが、ともかくこのまま進んでもかえって位置は特定しにくいんです」

どういうことだ、と俺が聞き返す前に、古泉は阪中にキャッチセールスマンのような笑みを投げかけた。

「いったん戻りましょう。ルソー氏には引き続き、別コースの散策を楽しんでもらうことにします」


古泉の言葉通り、俺たちは元来た道を引き返すと、五分ほど歩いたところにあった十字路を左折して南に向かった。駅が近くになるつれ人通りも多くなってきた。しかし朝比奈さんは自分の衣装よりもルソーが気になっているようで、あまり人目を気に

している様子もない。もしくはコスプレによる外出にも少しずつ慣れてきているのだろうか。

先頭を歩いているのは地図片手の古泉で、これは割と珍しい光景だった。如才ないハンサム面に人好きのする微笑を浮かべ、先導役を務め上げている。

「次はこちらに」

一度南下した古泉は、再び東に進路を取った。ぞろぞろとついていく俺たち。

そして、さらに五分ほどを歩き終えた時、

「くーん」

ルソーの前進拒否が始まった。

「やっぱり川なんじゃない？」

ハルヒが指差す方向は俺たちが向かっていた方角で、すでに川横にある土手の斜面と桜の木々が見えている。

古泉は近くの標識や住所を記したプレートを確認の上、注意深く地図に現在位置の印を新たに付けた。

「これでだいぶ解ってきました。もう一カ所くらいでいいでしょう」

古泉が何を解りかけているのかは解らんが、俺たちはまたもや南下を開始した。今度は来た道を戻らず、その場から小道に入って海方向を目指す。といっても海は遠く、古泉もそこまで探索を続ける気にはならなかったようで、進むことせいぜい五分。ちょうど最初にルソーが立ち止まった所から二番目の所までくらいの距離を歩き、そしてまた東へ向かう。

今度は三分もかからなかった。

「く〜ん」

ルソーくん、三度目の拒否行動。もともとヌイグルミみたいな犬が物悲しい声で鳴くもんだから、ただそれだけでも可哀想になる。即座に抱き上げてやった阪中の気分もよく解るぜ。俺でも心が揺さぶられる。

朝比奈さんもハラハラ、長門は相変わらずの無表情だが、古泉は得心したような朗らかなスマイルで、

「なるほど」

地図に印をつけて、さてここから本番だと言わんばかりに俺たちに振り向いた。またワケの解らないことを言い出しそうな雰囲気を感じ取ったものの、無視し続けるわけにもいくまい。

「どういうこった？」

訊いて欲しそうだったので訊いてやる。俺の配慮をありがたく受け取るがいい。

「まずこの地図を見てください」

古泉が広げた地図に俺たちの視線が集中する。

「赤く印をつけたところがルソー氏の立ち入り拒否した地点です。今、僕たちが立っているこの場所を含めて三つあります。最初のものから仮に地点Ａ、Ｂ、Ｃと呼びますが、この三つの印を見て何か気づいたところがありませんか？」

何の野外授業を始めるつもりだ？

教室以外での学業を半ば放棄することにしている俺が回答を拒否していると、即座にハルヒが挙手もなしに言った。

「直線距離にしたらＡとＢ、ＢとＣの間がほとんど同じね」

「よくお気づきです。そうなるように選んで歩きましたからね」

理想の生徒を得て古泉は満足そうに、

「重要なのは個々のポイントにはあまり意味がないということなんです。特に地点Ｂは通過点に過ぎません。論より証拠、描いてしまったほうが解りやすいでしょう」

赤ペンを気取った仕草で握り直した古泉は、地図にさっと線を引いた。地点ＡからＢを中間点にしてＣへと至る曲線である。一万分の一縮尺図の中に、小さな弧が浮かび上がる。

「ああ、そういうことね」

ハルヒが誰よりも早く解答に辿り着いたようだった。俺は解らん。

「キョン、見たら解るじゃないの。この曲線が何に見える？」

曲線以外の何にも見えんが。

「だからあんたは数学がダメなのよ。こんなの直感で気づかないと。いい？　古泉くん」

ハルヒは古泉からペンを借り受けると、地図に新たな線を描き足した。

「曲線をさらに延長させるの。弧の角度をできるだけそのままにして、こうしてぐるっと一周させるわけ。そうすると円になるでしょ？」

まさしく。フリーハンドにしてはかなり真円に近いものが赤ペンで描かれていた。まるで市内地図に宝の在処を記したような小型の円。

やっと解った。そういうことか。

「この円の中が犬の立ち入り拒否区画と言いたいんだな」

「仮のものですけどね」

古泉が補足する。

「その区画が円状に広がっていると仮定した場合はこうなります。幽霊のような超自然現象か、有害物質のような人為的なものかは今のところ判別できませんが、ただ、これで少しは解りやすくなったでしょう」

ハルヒと共同制作した円を指しつつ、

「何かがあるのだとしたら、曲線上にあるすべての地点から同一距離、つまり円の中心点が一番怪しいわけです。三つの地点を参考にしただけですから、かなりの誤差はあるでしょうが、あながち間違ってはいないと思いますよ。それでその中心点にあるのは——」

古泉が指差すより、ハルヒがそこにペン先を置くほうが早かった。

「やっぱり川沿いね」

ハルヒの声を聞くまでもなかった。地図が位置を教えてくれている円の中心、そこには俺にはお馴染みの桜並木が広がっているはずだ。ただし思い出深い朝比奈さんベンチがあるところとは対岸になるが。

「すごーい」

阪中が素の感嘆声を出し、

「古泉さん、よくこんなの考えられたのね。わー、感動しちゃう」

「それほどでも」

微笑む古泉に、真っ直ぐで素直な目を向ける阪中。おいおい、そいつはよしといたほうがいいぜ。腹の底では何考えてるか解らんヤツだし、赤い光のボールに変身するような変態だからな。

そう忠告したいところだったが、あえて俺は口を閉ざしたまま地図を眺め続けた。どうも奇怪な事件が起きるたびに、俺の見知った場所に辿り着くような気がする。

まるで何者かに呼び寄せられているような感覚だが、今度こそ車にひかれかかった少年を助けたり、新キャラが出てきてイヤミ臭いことを言ったりはしないだろう。あん時は俺と朝比奈さんだけだった。しかし今は全員が揃っている。何が起ころうとこのうちの誰かが何とでもするだろうし、何より団長閣下がここにいるんだ。

「行きましょ」

ハルヒが楽しそうに号令をかけた。

「その怪しいポイントにね。阪中さん、J・Jも、後は豪華客船に乗った気でいてちょうだい。あたしたちが幽霊とかそんなのと記念撮影したあとで、ちゃんと除霊してくるから」

「じょ、除霊……ですか？」

やっと自分の扮装を思い出したように、朝比奈さんが両肩を抱くようなポーズをする。その腕を取ってハルヒは、

「さあ超特急でそこまで、全員駆け足！」

そう言って、本当に走り出した。

そこから目的地まではほど近く、あっという間に到着したのはハルヒの駆け足行軍

指令のたまものだ。古泉の持つ地図通りの推定オカルトポイントは、花を咲かせるエネルギーを着々と蓄えつつある桜が立ち並ぶ川そばの並木道に相違なかった。

　地図とにらめっこしながらハルヒは最も円の中心に近いところを探しているが、古泉の算出方法だってけっこうアバウトなものだからそんなに正確さを求めなくていいと思うぞ。

「このへんかしら」

「そのへんでよいのではないでしょうか」

　ハルヒが熱心に地図と地面を見比べるのに対し、古泉が適当な返答をしているのは自覚があるからだろう。

　ここまでやって来たのは正規のＳＯＳ団員五人のみだった。阪中とルソーは自宅で待機、というか、「いやがるルソーを連れて行くことなんてできないのね」と頑なに言い張った阪中が同行を拒否したのだ。その一匹と一人がいたところで立会人以外の役には立たないであろうから、ハルヒも俺も気にしなかった。無論、役に立つ立たないの話になれば俺だって見物人役エキストラ以上になれないことは明白だ。

　この場で明快な役を振られているのは、

「みくるちゃん、お待たせ。やっと出番よ」

「は、ははいっ」

ハルヒにとってみれば朝比奈さんだけである。そのために巫女の扮装までさせたのだ。ここで何もせずに帰ったりしたら、せっかくの衣装がかなりもったいない。

「で、でも、あたし、何をしたら……」

「まっかせなさいって。ちゃんと用意はしてあるわ。みくるちゃんはそこに立って。ほら、この棒も持って」

紙垂つきの棒きれを持たせ、ハルヒは朝比奈さんを川岸近くの草むらに位置取りさせると、スカートのポケットから丸めたコピー用紙の束を取り出した。

「それじゃあ」

ハルヒはきょときょとしている朝比奈さんの肩を抱き、俺たちを振り仰ぎながら、

「見たとこ幽霊の姿はないし、さっさと御祓いを始めましょう！」

「か……かんじざいぼ、さつぎょ？……ぎょうじんはんにゃーはらみーたじーい、しょ、しょうけんごうんかいくーう、」

どこから持ってきた呪文かと思ったら、何のことはない、般若心経だ。巫女衣装で経文を唱えるのは何となく罰当たりのような気もするが、考えようによっては神道と仏教のダブル効果で霊験あらたかさ二倍になっていると言えなくもないだろう。

ハルヒが持ったカンペを見ながら必死に唱えている朝比奈さんの真摯さに免じて、神社仏閣各関係者には寛恕を求めたいと切に願う所存である。

ハルヒは次々とカンペをめくり、般若心経の書き下し文ルビ付きを朝比奈さんに見せるアシスタントをやっていた。

「ど、ど、どいっさいくやくしゃりしぃ、しきふぃーくーくーうふぃーしきー……？」

そうやって朝比奈さんがインチキ巫女にしては敬虔な面持ちでお経を唱えている間、俺は個人的に気になっているヤツの顔色をうかがっていた。それが誰かなんて言うまでもないよな。

「…………」

長門は夜風に揺れるガラス製風鈴のような目で、朝比奈さんの後ろ姿を眺めていた。何らおかしいところはなく、手持ちぶさたにしている姿は通常モードの長門のものだ。部室で本読んでいるときと変わらない揺らぎのなさ。

これは安心してもいいか。

朝比奈さんが臨時僧侶を務めるこの辺りが本当に「何かある」ジャストのポイントだと言うつもりはない。しかしここではなくともこの周辺にオカルトないしサイエンスなものがあるのだったら、長門がそれに気づかないはずはなく、長門が気づいたということを俺が感づかないこともない。つうか、長門ならそれとなく教えてくれるはずだ。あのカマドウマのときのようにな。

　横顔をじっと見られていることを悟ったのか、長門は最初に目を動かし、次に顔をこっちに向けて、まるで心を読んだかのようなコメントを小さく発した。

「何もない」

　爆弾や冬眠中の熊や放射性同位元素や卑弥呼の金印とか——。

「ない」

　痕跡もか？

「わたしの感知能力の限りにおいて」

　長門は九九の一の段を暗唱するような口ぶりで、

「特殊な残存物は発見できない」

　じゃあルソー他の犬たちがこの一帯に近づかなくなったのは何故だ？　何もないんだったらそんな理由もなくなるぜ。

「…………」

　長門は微風に揺れる風鈴のように頭を揺らし、ついっと俺の斜向かいに視線をやった。つられるように俺もそちらを向き、

「えあ？」

　下流の方からトレーニングウェアに身を包んだ長身の男性が走ってくる。通りすが

りのジョガーとお見受けするが、俺の目を釘付けにしたのは、彼が片手に持っているリードと、その先にいる一頭の犬の姿だった。と言っても茶色の柴犬がそんなに珍しかったわけではない。何のてらいも変哲もない柴犬だった。

なぜ犬がここに？　この辺一帯は臨時的な犬の禁足地ではなかったのか？

「あれ？」

ハルヒも気づいた。読経していた朝比奈さんも、カンペめくりの中断を受けて顔を上げ、俺たちの視線を読んで声を詰まらせる。

「むちゃくむ……とく……え？」

「ほう」

腕組みしていた古泉が、目をすがめて男性と並んで走る柴犬を注視した。

阪中家のウェストハイランドホワイトテリアがちょっと前に見せていたような不審な挙動はその犬にはなかった。主人と走るのが楽しくてしかたがないという風情でハッハッと規則的な息づかいで四本の脚をちょこまかさせて土を蹴っている。

その若い大学生くらいの男性と飼い犬くんは、彼らよりもよほど不審な一団、つまり俺たちに一瞥をくれつつ、後ろを通り過ぎようとしたところで、

「ちょっと！　待って！」

横から飛び出てきたハルヒによって通行を阻まれた。

「訊きたいことがあるの」

ハルヒの圧力すら感じさせる強い視線がレーザー光のように柴犬に向けられて、

「少しお時間いいかしら。どうしてその犬は普通にここを走ってるの？　ああ、ええと、話すとちょっとだけ長くなるんだけど」

と言いつつ、俺の制服のネクタイをつかんで引き寄せ、何だこいつらという顔をして立ち止まった男性と不思議そうに舌を出している犬を尻目に俺の耳元で囁いた。

「説明してあげなさい、キョン」

俺がかよ。

古泉にバトンを渡したいところだったが、ハルヒに背を押されて犬と飼い主の前にまろび出てしまった。しかたがない。散歩を邪魔してすみませんが、と前置きして俺は説明を開始した。一週間ほど前から近隣の犬がこの辺を歩きたくなくなったらしい。俺たちは友人からそのことを聞き、不審を覚えて調査することにした。その友人の犬はつい先だってもここの近くには来たくない素振りを見せていた。てっきり何かあるんじゃないかと思って調査を続行していたところ、あなたとその犬がランニングしてきた。その賢そうな柴犬は全然平気に見えるが、それはなぜなのだろう。

「ああ、そのことか」

と、二十歳前後の男性はすぐに納得してくれた。紙垂棒を持って突っ立つ朝比奈さ

んをしげしげと見やりつつ、

「確かに先週のいつからだったか、こいつが」と犬を指し、「いつものジョギングコースを避けるようになったな。川の土手を上がろうとするとてこでも動かなくなって、何だろうとは思っていたよ」

スポーツマンらしい犬連れの男性は、朝比奈さんとハルヒの間の空間で視線をゆっくり移しながら、

「でも、こっちもここは走るには最適の道だから、どうにかして引っ張り上げられないかとやってみたんだ。そしたら、一昨日か、三日前からだったかな？　最初はむずかっていたけど、今はこの通り、また元の散歩コースを走るようになった。もう平気のようだ」

犬の顔色を読めるほど俺は動物医学に秀でていないが、主人の足元で行儀良く座っている柴犬は心身ともに健康そのものに見えた。何の悩みもなさそうな目をしている。

「きっとキミたちの友達の犬も、強引にでも連れてきたら元に戻ると思うね。何だったんだろうとちょっとは不思議に思うが、きっと熊でもいたんじゃないかな。その匂いが残ってたんだろ」

古泉のような発想のコメントを告げ、スポーツ大学生らしき男性は、

「もういいか？」

「ありがとうございました。大変参考になったわ」

ハルヒがまともな口調で礼を言い、青年は朝比奈さんの扮装に何か言いたげな顔を一瞬したものの、きっと出しゃばらない性格をしているんだろう、いい人で助かった。

「じゃあ」と言い残して犬とともに上流方面へとジョギングを再開して行く男性。

残されたのは俺、般若心経のカンペを持っているハルヒ、神社に行く道を間違った風情の朝比奈さん、川の流れに目を落としている長門、顎に手を当てて思案顔の古泉というマヌケな五人組だった。

「どういうことよ?」

見て聞いたとおりのことだろう。

「幽霊は? 楽しみにしてたのに」

んなもんいなかったと言うべきだろうな。

「じゃ、何だったのよ?」

知らん。

「……妙に嬉しそうね、あんた。何だか腹が立つわ」

言いがかりさ。俺はいつでも真面目な顔をしているつもりだ。ハルヒの期待通りのものが出てこず、それどころか最早なかったことを心から安堵しているなんてこともないぜ。

「うそばっか」

プイとハルヒは前を向き、大股の歩調を速めた。

川沿いの並木道を後にした俺たちは一同揃って阪中の家に向かっていた。荷物を置きっぱなしだし、依頼主に調査報告もせにゃならん。

「でもぉ」

俺の斜め後ろで人目をはばかるように歩いている朝比奈さんが、控えめに疑問を呈した。

「ほんとにどうしてだったんでしょう？　ルソーさんが今日も散歩を嫌がったのって」

これには古泉が身を乗り出して、

「さきほどの方の話によると三日前ですか。それまで犬たちが警戒心を覚える何かがあったことは確かです。しかし現在、それはないようです。ルソー氏や阪中さんの話にある他の犬たちが未だに接近を回避しようとするのは、たぶん過去の記憶がそうさせているのでしょう。あの柴犬も飼い主に無理に連れてこられなければ、やはり近寄ることはなかったと思います」

犬にも二種類あるんじゃないか？　異変をいつまでも覚えることに長けてんのとそ

うでないのと。思うにルソーは記憶力のいいほうで、さっきの柴犬はおおらかな脳みそをしてるんだ。

「…………」

長門の無言が心地よい。こいつが何もないと言うからには絶対的に何もなかったのである。今なら、冬眠中だった熊が三日前に山に戻った説に一票を投じてもかまわない気分だ。

この時期の夕暮れ間際はやや肌寒く、俺たちはハルヒの早足に合わせるように阪中宅への道を急いだ。せっかくの依頼を受けたものの結局何だか解りませんでした、と報告するのが団長としての矜持を傷つけるのか、ハルヒはプリプリしていたが、こいつの性格上、こんなことはすぐに忘れる。一つのことにこだわるより、ダメならダメでさっさと次に移っていくのが涼宮ハルヒの習性だ。

案の定、ハルヒは阪中の豪奢な家を再訪し、今度こそ客人としてリビングに通されて阪中母の手作りシュークリームを一口頬張った途端に機嫌を直した。

「すご。うま。おいしい。お店開けるわよ、この味」

リビングルームの調度品も適度にシックな高級そうなものが揃っており、俺が座っているソファなんてシャミセンを乗せてやったら十二時間くらい寝続けるかもしれないくらいにフカフカである。美人のお母さんに高級犬まで加わって、まったく金持ちの家は見栄えから雰囲気まで違う。ハルヒもこんな環境で育っていれば阪中みたいな性格になったのかもしれないな。

　俺たちが絶品シュークリームとアールグレイをご馳走になっている間、調査の顚末は古泉が阪中に説明していた。阪中は抱いたルソーの頭を撫でながら言葉一つ一つにうなずいていたが、説明が終了してもやはり不思議そうな表情を消さなかった。

「もう大丈夫そうだっていうのは解ったのね」

　ぴくぴくしているルソーの耳をみつめながら、

「けど、やっぱり今日もルソーは嫌がってたし、このコや他の犬さんたちが平気で歩くようになるまであの道は散歩させないことにする。かわいそうだもん」

　そこは飼い主の判断にまかせるさ。ルソーもいい御主人様に当たったもんだ。ちょいと甘やかしすぎな気もするが。

　ハルヒと長門の食べっぷりに気をよくした阪中母がどんどん焼きたてシュークリームを運んでくる中、しばらく俺たちは阪中による犬エピソードを中心に談笑を続けた。ルソーは阪中の横に腹這いになって耳を傾けていたが、やがて眠そうな黒目を伏せてまどろみ始める。そんなルソーを愛おしげに見つめる朝比奈さんが、羨望の溜息を漏らして微笑んだ。

「いいなぁ。お犬さん、いいなぁ」

未来ではペットを飼うことが禁止されているのかもしれないが、俺の本音を言わせてもらうと犬より朝比奈さんを自宅に置いておきたいね。メイド姿で朝晩の送り迎え、それこそまさしくメイドの正当なる仕事なのではあるまいか。古ぼけた部室でお茶淹れているよりずっと似合っていると思うぜ。

まあ、思うだけにしておくけどな。

結局この日、俺たちのしたことと言ったらみんなして阪中ん家までやってきて、犬と戯れつつ散歩させ、朝比奈さん巫女仕様に般若心経を唱えさせたあげく、シュークリームとお茶をよばれてそれぞれ帰宅する、という普通にクラスメイトの家に遊びに来たようなもので終わった。

そして俺の予想ではこのままこの事件は迷宮入りし、やがてハルヒや俺の脳裏からも消え去ってしまうことになっていたのだが……。

数日後、予期せぬことが発生した。

金曜だった。期末試験も球技大会も終わり、あと高一の最後にすることと言ったら、来年度のクラス割りを気にしながら春休みを待ちわびることくらいである。卒業式も二月末に終わっちまってるし、北高生の三分の一がいなくなったことで校舎はどこか閑散としているが、来月になったら初々しい新入生が大挙して押し寄せて来る。それは在りし日の俺たちの姿でもあった。

　果たして俺は先輩と呼ばれる身分になるんだろうか。SOS団に入団を希望する新一年生などいないとは思うが、さてハルヒがどう出るかだな。

　二時限終わりの窓際後方二番目の席で、俺が日差しだけはすっかり春めいた太陽光線を浴びながら大きく伸びをしていると、

「キョン」

　最後尾の席にいるやつが俺の背中をシャーペンの先でつついた。

「なんだよ」

　新入団員勧誘の口上なら考えるつもりはないぞ。

「ちがうわよ。そんなのあたしが考えることだし。じゃなくって」

　ハルヒはペン先を教室の前方へと移動させ、

「今日、阪中が休んでるの気づいてた？」

「いや……。そうだったのか？」

「そうよ。朝からいなかったじゃないの」

　これは驚き。ハルヒが他のクラスメイトについて言及するなど、谷口のアホぶりを

口にする以外では朝倉の一件以来である。

「依頼を受けた手前があるんだもの、今日ぐらいに散歩コースが元に戻ったかどうか、近況を聞こうと思ってたのよ。あんたは気にならなかったの？　それにさ、犬は可愛かったしシュークリームも美味しかったしね。あたしはそんなに忘れっぽい人間じゃないわよ」

本来なら、ハルヒにもようやくクラスで気になるような女友達ができたかと本人に代わって喜んでやるところだったが、言われてみれば気にかかる。なんせ阪中家近郊に犬がタブー視していた一帯があったというのは紛れもない事実であり、事実は事実として未解決のままほったらかしにしているからだ。そこに来て阪中の欠席。繋がりがあっても不思議ではないが、

「季節の変わり目だからな。風邪でもひいたんじゃないか？　それかもう学期末だ。サボったたって罪は軽い」

「かもしんないけど」

殊勝なことにハルヒも同意した。

「あたしだってSOS団の活動がなければ、もう学校に用はないからね。でも、あの真面目そうな阪中が平日を勝手にカレンダーの赤い日にするわけはないわ」

休日を勝手にSOS団の活動日にしてしまうお前が、暦を忠実に守っているとは思

っていないさ。

「うーん」

ハルヒはシャーペンを唇(くちびる)の上にのせ、

「もう一度調査しに行こうかしら。今度はみくるちゃんにナース服を着せて」

何の技能もないニセナースに来てもらっても困惑(こんわく)されるだけだろうぜ。ていうかお前、シュークリームをもういっぺん喰(く)いたいだけだろ？

「ばか。J・Jにも会いたいわよ。あの羊みたいな毛を刈(か)ったらどうなるかとか思わない？」

ハルヒが手持ちぶさたそうにシャーペンを指先で回し始めたとき、三限開始を告げるチャイムが鳴った。


事態が一気に進展したのは放課後だった。

俺は部室で古泉相手に将棋(しょうぎ)を指していて、長門は読書、朝比奈さんは巫女姿よりよほどお似合いのメイド姿でお茶くみに励(はげ)んでいる。

そこに、掃除(そうじ)当番で遅(おく)れていたハルヒが飛び込んできた。

「キョン、やっぱりだったわ！」

　こういうことを言い出すときは大抵笑顔のハルヒだったが、どうしたことか今日は奇妙な憂鬱ブレンド配合だ。異常事態の予感がする。

「阪中の休みの理由が解ったの。本人も元気なかったけど、本当に元気がないのはルソーで、病院に連れて行ってたんだって。だけど病院では原因不明って言われてものすごくしょんぼりしてて、心配で心配で学校なんていけなかったっていうことなのよ！　電話口で阪中、今にも泣きそうな声してたわ。朝から何も口を通らないくらいに胸が苦しくて、でもルソーも何も食べないからもっと苦しいっていう——」

「ちょっと落ち着けよ」

　と言うしかなかった俺に、一方的にまくしたてていたハルヒはセリフを中断されたことを怒ると言うよりは、溺れる子供を見捨てていく薄情者を睨む目で、

「何よ、あんた。J・Jが病気だっていうのにのんきにお茶なんか飲んでて。J・Jは水一滴も飲めないほど弱っちゃってんのよ！」

　お茶飲んでて罪に問われるんだったら古泉と朝比奈さんも同罪だが、それよりどうしてお前がいきなり登場したかと思ったら阪中家の内情をがなり始める事態になったのか、そっちをまず教えてくれないか。

「掃除してる途中に阪中の携帯に電話してみたのよ。どうしても気がかりだったから。そしたら——」

本日二度目の軽サプライズだ。いつの間にかハルヒと阪中は番号を交換し合う間柄になっていたらしい。

「掃除なんかしてる場合じゃないわ」

ハルヒは手にした携帯電話を振り回しながら、

「やっぱりあの場所には何かあったのよ！　あたしが思うに、きっと病気になる元みたいなものなんだわ。だってほら、阪中言ってたじゃない。近所の犬が具合を悪くしてるって」

それは俺も聞いたし、今言われて思い出した。

「同じ症状ならそうなのかもしれんが……」

「同じ症状なのよ」

ハルヒはきっぱりと、

「さっき阪中に聞いたの。かかりつけの動物病院に連れて行ったら、そのお医者さん、何日か前にまったく同じ症状の犬が来て今も通院してるってさ。尋ねてみたらそれが樋口さんところの犬だったんだって」

樋口さんて誰だ？

「もうバカキョン！　ここに来たとき阪中が言ってたでしょ！　犬いっぱい飼ってる樋口さんよ。阪中の家の近くに住んでる。そのうちの一頭が具合悪くしてるって、あんた聞かなかった？」

だから今思い出したよ。お前だって電話で聞くまで忘れてただろうに、俺ばかりを責めるのは筋違いだ。だが、ルソーが病気？　あんなに元気そうだったのに。

「何の病気なんだ？」

「それが原因不明だって言うのよ」

ハルヒは団長席に着くことも忘れたように立ちっぱなしで、

「お医者さんには首をひねられたらしいわ。身体のどこにも悪いところはないんだけど、とにかく元気だけがなくて、樋口さんところのマイクもそうなの。極度の食欲不振でぐったりしたまま動かないらしいわ。ワンともクンとも言わないからますます心配なわけ」

まるで俺のせいだと言わんばかりのハルヒの眼光をさけ、俺は部室にいる他の人員を見回した。

朝比奈さんはルソーが謎の病気と聞いて心から心配そうな顔で盆を抱きしめ、長門は本から顔を上げてハルヒの声に耳を傾けている姿勢、古泉は盤面に置きかけていた金将をそっと元の位置に戻しながら、

「再調査の必要がありますね」

ペットの不調を案じる飼い主に獣医師が向けるような笑みを浮かべ、

「もともとこれは阪中さんが僕たちに持ち込んできた依頼でもありました。ここまで関わった以上、とうてい看過できません。最後までおつき合いするのが筋と言えます」

「そ、そうですね。お見舞いに行かなきゃ……」

古泉の意見表明に対し、朝比奈さんもうなずいた。

「…………」

長門が本を閉じ、無言で立ち上がる。

なんとも、全員がルソーの身を心配してるようなこのシチュエーション、たった一日、ともに行動しただけだというのにこうも全員の心を捉えるとは恐るべきカリスマ性を持つ犬だ。

「あんたは？」

挑みかかるような視線でハルヒが俺を睨んでいる。

「どうなのよ？」

そして当然、俺だってあのヌイグルミみたいなワンコロが不調をきたしていると聞いて心安らかではいられない。シャミセンと違って温室育ちの貴族階級のようなスコットランド産テリア種だ、身体だってそうそう頑丈ではないだろう。

それ以前に原因不明の健康不振というのが気にかかる。俺はハルヒに気取られないように視線を逸らし、任意の人物へと目を向けた。

「…………」

あの場所に何もなかったことを保証してくれた長門有希は、どこか考え込むような表情で鞄を手にするところだった。

朝比奈さんの着替えを待つのもそこそこに、俺たちは学校を飛び出してほぼ競歩と言っても過言ではないスピードで坂を下り、文字通り発車間際だった電車に飛び乗って阪中の家を目指した。ひとたび行動を開始すると決めたハルヒの機動力と指揮能力は、敵軍を追撃するモンゴル騎兵隊隊長以上になるのである。

あっという間に再び高級住宅街へとやって来た俺たちは、阪中家の呼び鈴を押すハルヒの指先を見た。

「はい……」

出てきた阪中は見るからに悄然としていた。物憂げな顔つき、今まで泣いていたような濡れ気味の目で、

「入って。涼宮さん、みんなもありがとう。わざわざ……」

語尾をとぎれがちにする阪中の招きに応じ、俺たちはこの前も通されたリビングへと足を向ける。豪華ソファの上、おそらく阪中の指定席であろうところにルソーが前

後の脚を引っ込めるような形で寝そべっていた。白い毛並みにも心なしかツヤがなく、顎をソファに投げ出すようにしてぐったりとしているルソーは、大人数で登場した俺たちに見向きもせず、耳の一つも動かさなかった。

「ルソーさん……」

まっ先に朝比奈さんが近寄り、しゃがみ込んで犬の鼻面を覗き込む。つぶらな黒い瞳がぴくりと動き、悲しげに朝比奈さんを見ると、またゆっくり伏せられた。朝比奈さんはルソーの頭に手のひらを置いたが、条件反射的に耳先がわずかに揺れただけだった。確かにこれはただごとではなさそうだ。

「いつからこうなったの？」

ハルヒが問い、阪中が疲労しきったような声で、

「たぶん昨日の夜。その時は眠いのかと思って気にしなかったのね。でも朝起きてもずっとこういう感じだったの。この場所から全然動かないし、ご飯も食べないの。だから朝の散歩もダメ。心配になって病院に行ったら……」

ハルヒが部室で叫んでいたようなことが判明したというわけか。一つは原因不明、一つはもう一匹同じ症状の犬がいる。

「うん。樋口さんのマイク。ミニチュアダックスなのね。ルソーともいいお友達だったんだけど……」

朝比奈さんは労るようにルソーを撫でている。小さき物の命を大切にしなければならないことを知っている人特有の優しさで。朝比奈さんの悲しみが俺にまで伝播して、人知れず胸を打たれていると、その感傷をやぶるように、

「少しお訊きしていいでしょうか」

古泉がしゃしゃり出てきた。

「そうなると樋口家のマイク氏がルソー氏と同様の症例を訴えたのは、今日から五日ほど前になりますね。今のマイク氏の具合はどうなっているのですか？」

「樋口さんには昼頃に電話してみたの。マイクはずっと元気なくて、今でもそうだって。食べ物を受け付けないから病院で点滴したり、栄養剤を注射してもらっているって言ってた。ルソーもそうなっちゃったらどうしよう」

いつまでもそれでは衰弱する一方だろう。つい数日前まで元気に飛び跳ねていた犬の映像を思い起こし、現在との落差の激しさを改めて思う。パッと見だけでは、コタツの中で動こうとしないシャミセンそっくりの無気力さだが、それが犬ともなれば事情が違う。さすがに本気で心配になってきた。

「もう一つ」と古泉。「マイク氏とルソー氏、このような症状が出ているのは二匹だけですか？　あなたには犬の散歩仲間が大勢いらっしゃるということでしたが」

「他の人からこんなの、聞いたことがないのね。マイクのときにけっこう噂になった

から、あったらきっとあたしも聞いてると思うんだけど……」

「そのマイク氏ですが、飼い主の樋口さんのご自宅はここからすぐ近くですか？」

「うん。向かいの家の三軒となりだけど……それがどうかしたの？」

「いえ、特には」

古泉は穏やかに質疑を終了した。

阪中はうつむき加減に、

「やっぱり幽霊なのかなぁ。病院の先生にも解らないなんて」

すがりつくような小さな声に、ハルヒは眉の間を曇らせながら、

「そうねぇ……。なんかヘンよね。幽霊かどうかはいいとして、笑い事ではない感じがするわ」

最初に幽霊だという話に飛びつき、朝比奈さんを巫女にして読経させたことを悔いるような顔つきだった。本気で怨霊や悪霊を相手にするなら格好だけの巫女さんではダメだったか、と反省しているような気配である。ハルヒにしては真面目に悩んでいる様子だ。

「ねえ、有希、なんとかなんない？」

どうして長門に質問するのか不思議だったが、言われた長門のほうはごく自然に動き出した。鞄を丁寧に置くと、すすっとルソーの前に移動、心配げな朝比奈さんが空

けたスペースにしゃがみ込み、そしてルソーの顔を正面から見据えた。

俺が息を飲んで見守っていると、

「…………」

長門は手を伸ばしてルソーの顎下に指を潜らせると、くいと持ち上げ、瞬きの極端に少ない目でルソーの黒い瞳を真っ直ぐに見つめ出した。まるでＤＶＤの円盤から直接情報を読み取ろうとしているような真剣な目の色をしている。ほとんど鼻と鼻がくっつきそうな至近距離で、長門はルソーの目を凝視、そのまま三十秒ほどそうしていただろうか。

「…………」

長門は幽霊以上に幽霊じみた仕草で立ち上がると、全員の視線を浴びながら元の立ち位置へと戻り、ゆっくりとわずかにだけ首を傾げた。

ハルヒが溜息をつく。

「そう、有希にもわかんないの？　まあ、そうよね。うーん……」

長門に何を期待したのかは知らないが、この場であっさり治療できるなら長門の万能度は度を越しすぎているだろうな。さすがの宇宙人もゴッドハンドの持ち合わせはなかったか、と俺まで肩を落としていると、背後に何やら強い気配を感じた。

振り向く。長門が俺に視線を向け、緩やかに瞬きしてから、マイクロメートルまで目盛りのついた定規で測らないと解らないくらいのうなずき方をした。すぐに逸らされる。

誰の目にも留まらなかったはずだ。ハルヒも朝比奈さんも阪中もくたりとしたルソーに気を取られて長門にまで注意が回っていない。だが唯一、長門の動作に目ざとく気づいた野郎がいた。

「ここは一時撤退ですね」

古泉が俺の耳元で囁く。

「ここに留まっていても僕たちにできることはありません。そう、僕やあなたにはね」

こっそりと古泉は微笑んで、さらに小声を出す。吐息をかけるなよ。気色悪い。

「急ぐことはありませんが、おちおちもしていられません。なにより涼宮さんがあの調子ですから。彼女が我々の恐れるようなアクションを起こす前に事態を収束させねばならないでしょう。それができるのは……」

古泉の柔和な目が長門を捉え、しかしウインクを向けたのは俺へだった。

何の合図だか——と、しらばっくれたいところだったが、なぜか解ってしまうのは俺が本質的には頭がいいからなのであろうか。長門や古泉の表情うかがいばかりに秀でたところで受験には何の役にもたちそうにないが、今回はそう言ってはいられないな。古泉のためではなく、ルソーと阪中のために。

手を打つ必要があるだろう。

阪中の家を辞した後も、ハルヒと朝比奈さんは魂を病気の犬のもとに置いてきたような上の空ぶりを披露し、歩きながらも電車の中でもずっと黙りがちで、俺たちが電車に飛び乗った駅に降りたっても阪中の落ち込みぶりが伝染したように気もそぞろだった。気持ちは俺も共有するさ。元気だったものが元気じゃなくなっていく過程を見るのは辛いものだ。憂鬱でいるより校舎を走り回ってくれているほうが安心するのは俺も同じだ。それが人でも動物でもな。

しかし、犬の病に関して現時点で部外者にできることはない、というのが古泉の告げた冷たい結論だった。

「今は見守りましょう。動物病院の方も無能ではないでしょうから、今頃対応策を研究中だと思いますよ」

研究して判明するようなものだったらいいさ。だが、そうでなかったら？ ルソーの葬儀になんて俺は立ち会いたくないぜ。

「幸い僕の知り合いに獣医師の方もおられます。いろいろ尋ねてみることにしますよ。何か手がかりが出てくるかもしれません」

古泉のとってつけたような慰めにも、ハルヒと朝比奈さんの反応は薄かった。うん、とか、ええ、とか言葉を濁すようなことを呟くのみである。

いつまでもこうして暗い雰囲気に浸っているわけにもいかず、ここで俺たちは散会することになった。というより無理矢理した。そうでないと本当にいつまでも全員揃ってしょんぼりし続けるハメになりかねなかったからな。

ハルヒと朝比奈さんが肩を並べて線路沿いの道を歩いていく。本来なら俺や古泉もそっち方面のルートを辿った方が家に近いが、ハルヒは全然気づかないようで、両者ともすぐに姿が見えなくなった。

二人には悪いが邪魔者は消えた。朝比奈さんは残ってくれてもよかったが、今回の事件に彼女の出番はないはずだ。

俺と古泉と一緒に女子二人の帰り様を眺めていた長門が、自分のマンションへ身体を向けた。ただし、なかなか第一歩を踏み出さない。

「長門」

ショートヘアの小柄な制服姿が機械的に振り向く。俺の呼びかけを予測していたようなスムーズさで。

その顔を見て俺は直感した。やはりな。長門には解っていたんだ。だから遠慮なく訊こう。

「ルソーに取り憑いているのは何だ」

少しは考えるかと思ったのだが、長門は簡単に口を割った。

「情報生命素子」

その解答を聞いて、俺は、

「……………」

と、なる。

俺の無言を理解不足と思ったのか、長門はセリフを継ぎ足した。

「珪素構造生命体共生型情報生命素子」

「……………」

ますます無言になる俺に対して、長門はさらに説明しようとしたように唇を開いたが、該当する言葉を持たなかったのに気づいたように押し黙った。

「………………」

そのまま二人して沈黙していると、

「要するに、かのルソー氏は姿の見えない地球外生命体に憑依されているんですね」

古泉が短絡的な解答を述べ、長門は少し間を持たせるような、誰かに許可を申請しているようなポーズを取った後、

「そう」

と、うなずいた。

「なるほど。その情報生命素子というのは、人間の目に映らない、というよりも姿そのものがなく、つまり単なる情報そのものであると理解していいでしょうか」

「かまわない」

「すると情報統合思念体に似通った存在ですか？　コンピュータ研の部長を乗っ取った、あのネットワーク感染タイプの情報生命体のように」

「情報統合思念体やあの亜種とは存在レベルがまったく異なる。あまりにも原始的」

「たとえで比較することはできますか？　もし統合思念体を人間に置き換えたなら、その珪素構造生命体共生型情報生命素子は何に比定されるでしょうか」

一回聞いただけでよく覚えられたものだ。ここぞとばかりの古泉の質問攻撃に、長門は普段と変わりなく答えた。簡潔に、

「ウイルス」

「それでなんですね？　まず最初の犬が身体……いや精神の調子を崩し、それと同じ症状がルソー氏にも発生したのは、情報生命素子なる異性体がウイルスのように増殖、感染するからなのでしょう」

古泉は伸びた前髪を弾くように指で触り、

「ところでその奇妙な情報生体が、どうして地上にいて、それも犬に寄生することになったのですか？」

「おそらく」

長門は淡い声で、

「宿主としていた珪素構造体が地球の引力に捕捉され隕石化したのだと推定される。その珪素構造体は大気圏突入時の摩擦熱で消滅したが、情報を構成要件とする生命素子は物質が消えても残存する。情報は消えない。残った情報生命素子は地上に固着した」

「それが、犬の散歩道にあった、あの場所付近ですね。そして、そこをたまたま通った犬に乗り移ったと」

「珪素生命体の持つネットワーク構造と犬類の脳内神経回路が類似していたと思われる」

「しかし同じようにはいかなかったというわけです。結果的に犬たちは衰弱することになった」

古泉と問答を繰り広げていた長門だったが、つと思案するように口を閉ざしてから、

「感染ではない。一体の情報素子が思索メモリの増大化を図っている」

何のことだか――。

だが、どうしてだか古泉には解ったようだ。

「一匹の犬ではリソース不足だったんですね。ですが二匹でも到底収まりきるとは思えません。珪素で構成される生命体一体のネットワーク構造を過不足なく再現するには、何匹の犬の脳が必要ですか？」

「既存データベースにある珪素生命体の規模を最小と推定して計算する。……地球上に存在するすべてのイヌ科を使用しても不足」

「ちょっと待ってくれ」

俺は巨大な不安とともに割って入った。

「ルソーともう一匹が変な宇宙病原体にやられたってのは解った。そのウイルス野郎が隕石にくっついていたってのも、まあ何とか理解した。だが、すると何か。この宇宙には……俺たちみたいな人類……ええと長門、お前がいうところの有機生命体……つまりその有機物でできた生命体じゃない生命体なら存在するってことなのか」

長門はふっと考えるような目をして、

「その質問への解答は生命そのものの概念をどう捉えるかによって左右される」

危うく吸い込まれそうになるくらいに透明な瞳で俺を見つめ、

「珪素を主幹とした構造体の中に意識を内包するものなら存在する」

すらすらと解答してくれたが、んな重大なことをこんなところで俺相手にあっさり言われても困っちまうぜ。せめてSETIでもやってるサイクロプス計画の立案者に教えてやったら小躍りして資金繰りに走り回ると思うのだが。

「ところでだな」

ここまで話が進んどいて、今さら訊きにくい部分でもあるのだが、

「珪素ってな、どういうシロモノだ？」

あいにく化学の授業と教師とは二つまとめて折り合いが悪いんだ。

「一言で言うとシリコンです」

古泉が答えた。

「半導体の材料として有名ですね」

古泉は興味深そうな笑みを長門に向けつつ、

「長門さんが言っているのは、いわゆる機械知性体のことでしょう。我々人類が未だなし得ない人工知能。ところが宇宙のどこかには人工でない機械知性、自ら意識を獲得した非有機生命体がいるということです。いえ、むしろ全宇宙を俯瞰すればそちらの方が一般的で、実は僕たち人類のほうが特殊なのでは？」

長門は古泉をすっぱりと無視し、ただ俺を見つめている。まるで解答を俺にゆだねているように。

というところで俺は思い出した。最初に長門から借りた本。挟んであった栞の語句

に導かれるまま、長門の部屋に初めて連れて行かれたときに聞かされた言葉だ。

――情報の集積と伝達速度に絶対的な限界のある有機生命体に知性が発現することなんてありえないと思われていたから――。

古泉は無意識のように顎を撫でている。

「もしや、珪素構造体はただの物体でしかなく、情報生命素子が宿って初めて知性を得るという仕組みになっているのですか？」

長門は空を見上げ、誰かの許可を仰ぐような微妙な仕草をしてから顔を元の位置に戻した。

「知性とは」

少し間を開けて、

「情報を収集し、蓄積した情報を自発的に処理する能力レベルによって判定される」

今日の長門は久々に――いや、俺に正体を告白したあの日以来に――おしゃべりだった。やはりこいつでも得意分野になると饒舌になるのかね。

「情報生命素子は珪素生命体に寄生し、彼らの思索行動を補助する役割を持つ。原始的な情報生命素子は単独では一つの情報群でしかない。新たな情報を獲得し、処理するには物質的な構造を持つネットワーク回路が必要。両者は共生関係を取ることにより互いに利益を得る」

しかし、その珪素生命体とかいうのはどういうヤツなんだ。地球の引力に引かれて大気圏で燃え尽きるまでボーっとしているような、気の遠くなるくらいののんびり屋なのか？

「彼らの生体活動は思索に限定される」

長門は淡々と言う。

「思索以外のことは何もしない。宇宙空間は広大。彼らが重力井戸に落ち込む確率はゼロに近似している。そのため生命維持や自己保存といった概念を持たない」

宇宙をさまよいながら何を考えてんだ？

「彼らの思考形態を有機生命体が理解することは不可能。論理基盤が異なり過ぎるから」

コミュニケーション不能か。ならＮＡＳＡに教えなくてもよさそうだな。コンタクトしたところでどうせ徒労に終わりそうだ。

「やれやれ」

阪中の幽霊話から一気に宇宙の彼方へと話が飛ぶとは、大いに飛躍しすぎだぜ。しかも知性がどうとか思考形態がどうのとかとなると、せいぜい長門に借りたハードＳＦを何冊か読んだくらいにしか素養のない俺にはどうにもならん。

科学的なのか哲学的なのか宗教的なのかも判断付きかねるというものだ。不可視の情報生命体やら、そいつが宿る思考するシリコンの塊やら……。だったらよほど解りやすく幽霊だったほうが。

「ん？」

と俺は不可思議な引っかかりを覚える。そう、阪中の持ってきたフリは幽霊の噂話で、幽霊と言えば霊魂だ。

「じゃ、魂はあるのか？」

　実体のない情報生命素子とやらが地球外生命体の知性の源だという。それでもって宿主にしていた本体が消滅したものの、取り憑いていたほうの情報生命素子が残り地上をフラついていたというこの場合、そいつはまさに幽霊じゃないか。

「人間はどうなんだ。俺たちにも考える頭があって、そこには意識ってものが入っているはずだ。ひょっとして、肉体が滅んでも精神は残るのか？」

これはけっこう——いや、けっこうどころでない大事な話だぞ。あるとないとでは今後の人生の歩み方に大きくかかわってくるぜ。

長門は答えず、ただ奇妙な表情を見せた。と言っても無表情なのはいつも通りなのだが、何というか雰囲気が変化したのを俺は見て取った。誰も気づかずとも俺には解る。こいつとの付き合いもそろそろ一周年だ。そのくらいの洞察力が培われるだけの時間は充分あったし、そうならざるを得ない出来事だっていくつもあった。その俺が言うんだから間違いはない。

長門は——、

「…………」

無言で、無感情で、しかし、それでいて何らかの表情を浮かべたがっているように思えた。そして俺の観察力がエンプティラインを指しているのでない限り——。

「…………」

まるでこれから自分の発するジョークに対して、微笑みを堪えているように思えたのだ。

そうして、長門が口にした言葉は著しく短かった。

「それは、禁則事項」

大げさな溜息が聞こえた。俺の口から吐き出された息である。禁則事項か。これまた、いつか俺も使いたい言葉だな。答えようのない質問を受けたときとかにさ。今度授業で指されたときにでも教師に向かって言ってやろうかね。

長門が生誕史上初の冗談を言ったのかどうかも大問題といえばそうなのだが、それはともかく、今はルソーのことが最優先だった。宇宙的ウイルス野郎をどうするかが問題だ。

「何とかするしかないな。長門、できるか？」

「可能」

そう言ってくれる長門がひたすら頼もしい。

「当該情報生命素子の構成情報を制御、最小化したうえで圧縮アーカイブし活動停止状態に置く。ただし書庫化したデータを保存する生体ネットワークが必要」

よく解らないがややこしい。すぱっと消し去っちまったらどうだ？

「消去は不可」

なぜ？

「許可が下りない」

お前の親玉のか？

その情報生命素子は銀河系の絶滅危惧種に指定でもされているのか。

「そう」

「有益な存在」

人間にとってのビフィズス菌とか乳酸菌みたいなもんらしい。

古泉にも振ってやろう。何を面白そうな顔をしていやがる。

「珪素の塊にそいつを宿らせてロケットで宇宙に戻すわけにはいかないのか。お前の組織ならできるんじゃないか？」

古泉はひょいと肩をすくめ、

「シリコンバレーからインゴットを取り寄せるくらいならいくらでも用意しますし、水素燃料ロケットのほうも込み入った政治工作と大がかりな経済活動をおこなえば可能かもしれませんが、珪素生命体の準備までは手が回りそうにないですね」

だめか。いや……待てよ。

俺の脳裏に綺麗な文様の金属棒が輝きつつよぎった。鶴屋さんの持ち山で発掘され、鶴屋家所蔵になっている元禄時代の遺跡物。アレはこの時のために用意されたものか？　過去からの贈り物、謎のオーパーツ……。

「違うか」

鶴屋さんの話では写真に写っていた棒状物質は、チタニウムとセシウムからなる合成加工金属だった。もし学会に広く公表したら邪馬台国の所在地どころの騒ぎではなくなるだろうが、アレは水につけたら復活するかもといった、乾燥ワカメ的な珪素生命体の化石などとかいう都合のよさとは無縁の産出物である。また別の機会に必要となる物体か、もしくは永遠に封印すべきものなのか、あるいは俺たちの時代よりさらに未来に残すべき品物なんだろう。できれば二度と見たくはないな。俺がきっかけで発見したものだとはいえさ。

俺が自分の思索に埋没していると、古泉の声が現実に引き戻した。

「幸い急を要する事態ではなさそうです。最初の犬が体調を崩してから、二匹目と思われるルソー氏に触手が伸ばされるまで、数日のタイムラグがあります。今日明日中に何とかしておけば、これ以上被害が蔓延することはないでしょう」

地球上と広大な宇宙では時間の感覚も相当違うだろうからな。ウイルスもどきが宇宙時間を採用していてくれて助かったと言うべきか。

「阪中さんの家を訪れるのは明日でいいでしょう。休日ですしね。ただ、訪問の理由を考えておいたほうがいいかもしれませんね。日を置かずに見舞いに行っても不審には思われないでしょうが、実際には治療しに行くのですから。さらにもう一匹、樋口さんの犬も同様の処置をしなければ」

古泉のセリフを俺は半ば聞き流していた。そういう理由はお前が何とでも考えろ。治療も処置もするのは長門だ。

「明日だな。すまないが頼んだぜ、長門」

心を阪中家に残して来たハルヒと朝比奈さんのように、俺は俺で心が宇宙へ飛び出しそうなのを抑えなければならなかった。そんなわけで俺はぼんやりとしており、ぼんやりしたまま立ち去りかけた身体に急制動がかかった。なんだなんだ。

振り返ってみると、長門が俺のベルトに指をかけて静止している。止めてくれるのはいいんだがな、長門。せめて声をかけるとか、あるいは袖口を引っ張るとかしてくれないかな。俺としては後者を希望したいところなのだが。

長門の無表情な口元がゆっくりと動いて、

「必要なものがある」

「何だ」

「猫」

俺があっけにとられていると、長門は言葉を選び出すような口調で言った。

「あなたの家の猫が望ましい」


しばらく古泉と長門と俺とで計画を練った後、俺は自宅に向かって歩きながら携帯電話をかけた。

「ハルヒ？　ああ、俺だ。ルソーのことで話がある。実はな、帰る途中に聞いたんだが、長門が昔読んだ本の中に、今回のルソーと似たような犬の病気の話があったそうだ。……うん、治療方法も書いてあったんだと。絶対うまくいくとは言い切れないが……ああ、解ってる。試してみる価値はあるだろ？　やり方は長門が知ってる。だから明日、もう一度阪中の家にお邪魔……今から？　そりゃ無理だ。用意するもんがあってだな、明日には揃うからそう急ぐな。古泉……じゃなかった、長門によれば急に容態が悪化するもんじゃなさそうなんだ。……そうだな、阪中にはお前から言っといてくれ。あ、それからだな、もう一匹犬がいただろ？　樋口さんとこのマイクとかいうやつ。そいつも……そうだ、阪中の家に連れてくるようにと伝えてくれ。朝比奈さんには俺から言っとく。じゃあ、明日の……九時な。それでいいだろう。いつもの駅前集合ってことで」

翌日、ＳＯＳ団集合ポイントとしてそろそろ観光名所になりそうな駅前に行くと、まだ二十分も前だってのに全員が俺を待っていた。

ただし、いつもと同じ表情でいるのは長門と古泉だけで、朝比奈さんは不安そうなお顔で佇み、ハルヒは有り金をすべて宝くじにつぎ込んだ人間が抽籤日を迎えたような顔をして、

「遅いわよ」

どこか複雑な顔つきで俺を睨んだ。

この日ばかりはハルヒも茶店代おごりを罰則として科すことはなく、俺の腕を取ると改札へずんずん歩き始める。

「あんたが来る前に古泉くんに聞いたわ」

ハルヒは人数分の切符をまとめて買いながら、

「有希が民間治療を試してくれるんですって？　陽猫病の」

ヨウネコビョー？　何だそれは。ポリネシアあたりに生息する新種の妖怪か。

「ルソー氏が罹患したと思われる病ですよ」

切符を受け取った古泉が自動改札口へ片手を広げた。俺がボロを出さないようにだろう、早口で、

「本来活発であるはずの犬がこれといった原因もなく、ある日突然あたかも日溜まりにうずくまる猫のように動かなくなってしまう症例を指します。非常に希有なケースでしてね。医学書にも載っていません。一説にはノイローゼの一種なのではないか――」

古泉は俺に向けてウインクし、

「――というのが、僕が長門さんからお聞きした説明です。長門さんは古い本からそのことを知ったそうです。でしたよね？」

一人、制服姿の長門が誰の目にも解りやすくうなずいた。なんとか打ち合わせの通りにしてみました、といわんばかりのぎこちなさで。

長門は古泉が提げている有名百貨店の紙袋を見つめ、それから俺が持っているキャリーボックスに目を移した。

「にゃあ」

箱の隙間をかりかり爪で掻いているシャミセンが、長門に挨拶するような声で鳴く。

ハルヒはコンと猫用キャリーをはたき、

「治療に猫がいるなんて不思議な病気ね。有希、ホントにだいじょうぶなの？　それ、信頼できる本？」

治療ってよりは除霊に近いのだが、ハルヒに教えてやるわけにはいかない。長門が無口属性を持っていてよかった。

長門は黙ったまま こくりと首を傾斜させ、俺に向かって片手を差し伸べてきた。そんなふうに手を伸ばされても俺が持っているのはシャミセンの入ったプラボックスだけだぜ、と思っていると、

「猫」

長門は抑揚の平らな声で告げた。

「かして」

かくして俺は手ぶらとなり、猫入りキャリーボックスは電車に乗っている間、座席に座った長門の膝の上に置かれていた。電車の中だからなのか、長門が無言で何かの合図を送っているのか解らなかったが、シャミセンは騒ぎもせずに大人しくしている。

長門を挟むようにして席についているハルヒと朝比奈さんが猫の入った箱を気にしているのとは対照的に、中身と言うなら俺は古泉の手提げ紙袋のほうがよほど気になるね。

「ご心配なく、ちゃんとそれらしいものを用意してきました」

男二人して電車扉にもたれるように立っているので会話がハルヒに届く心配はない。古泉はかさりと紙袋を振って、

「一晩で用意するのは少々手間でしたが、何とかね。後は長門さんしだいです」

長門の手腕に疑問を持つ余地などないさ。必ずルソーを救ってやれる。俺が今から頭を痛めているのは、事後処理に関してだぜ。

「そちらは僕の役割ですね。これは僕の勘ですが、それほど煩雑なことにはならないと思いますよ。涼宮さんを見ていれば解ります。目下のところ、彼女にとっての最優先事項はルソー氏の完治ですから。それさえ果たしてしまえば僕たちの任務も終わります」

だといいんだがな。

俺は余裕の微笑を浮かべる古泉から目を逸らし、電車の減速にそなえて手すりをつかんだ。阪中の家に続く駅まではたったの二駅。あまり考えている余裕はなかった。

阪中の家に邪魔するのはこれで三回目だ。まさか一週間のうちに三度も上がり込むことになるとは思わなかった。

出迎えてくれた阪中は昨日と同様しょげていたが、一縷の希望を抱いているようで、俺たちを見る目にすがるような色が混じっている。

「涼宮さん……」

泣きそうな声で言葉を詰まらせる阪中に、ハルヒは真面目な顔でうなずいて振り向いた。見ているのは団員の中で最も優秀と目される、長門のほっそりした制服姿である。

「まかせといて、阪中さん。こう見えても有希は何でもできるしっかりっ娘なんだから。J・Jもすぐによくなるわ」

ほどなく通された阪中家の居間には、阪中母ともう一人の女性がいた。見たところ女子大生っぽいが、どうやらその人が樋口さんというもう一匹の被害犬の飼い主であるのは、うかない表情を観察するまでもなく解る。彼女に抱かれてぐったりしているミニチュアダックスフントがマイクという名を持つのもな。

ルソーの不調は昨日のままだった。ソファの上でじっとしたまま動かない。目は開いているがどこも見ていなそうな感じは、マイクとまったくうり二つのものだ。

ここからだな。俺は長門と古泉に目配せする。

そして開始されたのは、長門が淡々と指示を告げ、俺がアシスタントを務めるという、昨日、俺と長門と古泉でおこなった三者会談によって決定されたものだ。それらしい道具は古泉が用意してきた。どこから持ってきたのかは知らんが、こういう時には役に立つ野郎だ。珪素構造体を持ってくるよりは遥かに簡単なことなんだろう。

まずカーテンを閉じて日光を遮断する。当然電灯はつけず、部屋を薄暗くした上で、俺は古泉が持参した荷物の中から太くてカラフルな蠟燭を取り出し、年代物のキャンドルスタンドに突き立ててマッチで火を灯した。さらに小さな壺に香料を入れ、こちらにも火をつける。ヘンな色と香りをした煙がゆるやかに立ち上るのを確認し、俺は長門に合図を送る。

長門はキャリーボックスからシャミセンを取り出し、両脇を抱えるようにして抱いた。実はそれはシャミセンの嫌がる抱かれ方だったが、なぜかいつもは牙を剝く三毛猫も長門には無抵抗だった。

俺は咳払いをして、

「えー、ルソーの隣にその犬も置いてもらえますか？」

若くて気品ありげな樋口さんは、まるで呪術でも始めそうな俺たちに不安そうな顔をしつつも、進行役を務める俺の言葉に従ってくれた。ソファに横たわる犬が二匹に増え、魂を抜かれたように力なくぼんやりしている。

そのソファの前に、長門が猫を持って跪いた。

最後の仕上げだ。俺はデジタルレコーダーのスイッチを押した。テルミンとシタールを主旋律としたキテレツな音楽が流れ始める。正直やりすぎではないかと思うんだが、ギミックに凝るならとことんまでというのが古泉の主張だった。

蠟燭の炎が頼りなく灯り、妙に甘ったるい匂いのお香がたかれて、オリエンタルなインストゥルメンタルが流れる中、長門は奇怪な儀式としか思えないような行動に出た。

「……………」

薄暗い室内でも白い顔はフリーズドライされたかのような無表情。その白い顔と同じだけの白さを持つ手が動いた。片手をルソーの頭に乗せ、なで回すような仕草をしてから、その手をシャミセンの額に当てる。未知の家、しかも犬二匹と正対しているのにシャミセンは感心してやっていいくらいにじっとしていた。

長門はシャミセンをルソーの鼻先まで近づけていく。ルソーの黒い瞳が緩慢に動いて三毛猫の見開いた瞳と重なり合う。長門はまるで、ルソーの身体からシャミセンの身体に何かを移すように交互に手を動かし、同じことをマイクにもおこなった。長門の唇が小さく動いて言葉として聞こえないような言語を発していた、と気づいているのは俺と古泉だけだったろう。

最後に長門は、シャミセンの狭い額を二匹の犬の鼻面に押しつけ、唐突に立ち上が

った。何も言わずにシャミセンをキャリーボックスに押し込むと、すたすた歩いてきて俺の胸元に持ち上げて言った一言が、

「終わった」

当然、全員が唖然としている。キャリーを受け取った俺もそうなのだから、ハルヒや朝比奈さん、とりわけ阪中と樋口さんはなおさらであろう。

口を開きっぱなしでは何だと思ったのか、開きついでのようにハルヒが、

「終わったって、有希。今ので？　というか今の、何だったの？」

「…………」

長門はただ、首をひねって二匹の犬に視線を飛ばした。見るのはあっちだと言うように。

全員の視線がソファに向けられた。

そこには——。

よろよろと、だが生気の戻った目で立ち上がり、それぞれの主人を愛らしい仕草で捜す犬たちの姿があった。

「ルソー！」

「マイク！」

阪中と樋口さんが駆け寄って両手を伸ばす。くーん、と鳴いて二匹の犬は弱々しく

も尾を振って応じ、飼い主の頬を舐めた。

朝比奈さんがもらい泣きするくらいに感動的なシーンの数分後、リビングはうさんくさい呪術スペースから日常の風景を取り戻した。

ルソーとマイクは台所で阪中母に食事をもらっている最中であり、高そうなテーブルを囲んでソファに座っているのは俺たち五人と阪中、樋口さんだ。その二人に、

「長門さんがおこなったのは、猫を使ったアニマルセラピーを動物相手におこなうという画期的な治療法なのです」

あまりにも苦しい古泉の説明だが、ほがらかな笑顔と明快な口調のせいか皆騙されてくれた。

「蠟燭とお香にはアロマ成分が含まれていまして、嗅覚の鋭い犬には人間以上に有効です。音楽は聴覚に訴えかけることでリラックスできるものを選びました」

デタラメにも限度があるが、なにしろ本当にルソーとマイクは元気を取り戻したのだから結果オーライ、阪中と樋口さんの喜びようは半端ではなく、これまた飼い犬と娘の元気が同時に戻って阪中母にも大感謝され、以前ハルヒが絶賛したシュークリームを山のように焼きまくって出してくれた。

母親以上に喜んでいるのは阪中で、

「でも本当にすごいのね。長門さん。動物の先生も知らなかったことを知ってるなんて」

「有希はね、ＳＯＳ団一の万能選手なの」

無言でシュークリームを食べている長門より、ハルヒのほうが鼻高々に、

「たくさん本読んでて物知りでギターも料理もうまいし、スポーツだってインハイ級なのよ」

「治療法が長門さんの読んだ古い文献の中にあって助かりました」

追加フォローする古泉は優雅に紅茶を啜り、

「漢方薬の中にはなぜ効果があるのか科学的に説明できないものもあるそうです。民間療法もいちがいにはおろそかにできないということですね」

と、デタラメの上塗りとしか思えないことを言った。

用済みとなったアロマセットはまとめて紙袋の中に眠らせてある。同じく治療の道具として使われたシャミセンだけでも、せめてキャリーから出してやろうかと思ったが、阪中家の高価な家具で爪研ぎなどしたら折檻ではすまないのでそのままだ。長門の手を離れた今は、にゃごにゃごと箱を揺らしているが、しばらく放っておいたらうたた寝でもしてくれるだろう。

本当なら特大の功労賞を与えなければならないのはシャミセンであり、他の道具は

単なる目くらましなのだが、それは俺と長門と古泉の胸に秘めておけばいいことさ。

長門がすべきことは情報生命素子の凍結、それだけだった。

だから、やろうと思えば長門は罹患した犬二匹の中に情報生命素子を凍結することだってできたわけだ。端的で最も簡潔な解決方法だったが、それでは後々問題が生じる。樋口さんところのマイクや阪中愛するルソーが天寿を全うし、天に召された後も凍結状態の情報生命素子は残ってしまう。活動を停止したそいつが何かの拍子に解凍され、再び動き出す可能性は無視できないという。ならばそいつを常時監視状態に置ける生命体に設置するのが最善のことである。宿主となる生命体は何でもよかった――俺とかハルヒでも――が、一番問題のなさそうな依り代として長門はシャミセンを指名した。かりそめにでも人語を話したことがあるという超常現象を体験したオスの三毛猫。この際新たな宇宙的変態性能が加わってもたいした問題にはならないだろう、何か変化が生じたらすぐに俺が気づくし……という仕組みである。

やれやれ、と言う代替案として俺は手作りシュークリームを口に詰め込んだ。

阪中もとんだ災難だったが、その災難の素を体内に閉じこめた猫の飼い主となった俺の立場は誰が勘案してくれるのかね？

長門のマンションがペット可なんだったら、いっそ譲渡するという手もあったんだが、妹の説得に時間がかかりそうでもあるし、俺としてももう情がわいているしな。

いいさ、シャミセン。いっそのこと猫股になるくらいまで長生きしてくれ。一気に祝賀ムードになった阪中家のリビングで、俺は再びシャミセンが喋り出す日があるのかもなと考えていた。

俺たちが阪中家を去る頃には、ルソーもマイクも嘘みたいに元気になっていた。これにはハルヒも朝比奈さんも大いに喜び、二匹の人なつっこい犬をかわるがわる抱きしめて、とびっきりスーパーな笑顔を見せた。

帰り際、阪中母はお土産にと、余ったシュークリームを大量に持たせてくれた。特に長門に差し出された手提げ袋は一際大きく、感謝されるべき人物が相応に配慮されているのを見るのはいい気分だった。談笑の途中で解ったことだが、やっぱり女子大生だった樋口さんも感謝を形にしたいようなことを言ってくれたものの、ハルヒはきっぱりと、

「いいっていいって。もともとタダで請け負ったことだもんね。マイキーを抱かせてくれただけで充分。あたしのSOS団は営利組織じゃないから、お金や物で動いたりはしないのよ。J・Jとマイキーが元気になって嬉しいっていうこの気持ちが報酬みたいなものだわ。ね、有希」

長門はうんともすんと言わず、少しだけ顎を引いた。

古泉は冷静さを失わず、阪中に、

「今回のルソー氏のような症状に陥っている犬が他にいたらご一報ください。可能性は低いと思いますが、念のためです」

「うん。散歩仲間の人たちを一通り当たってみるのね」

熱心にうなずく阪中だった。

また学校で、と手を振るクラスメイトに別れを告げ、ハルヒはご機嫌な表情で歩き始める。その後をついて行きつつ俺は思う。

来年度ハルヒと阪中が同じクラスになれば、それは非常にいいことなのかもしれない。


駅までの道のりでも帰りの電車の中でも、ハルヒはあることを、すっかり忘れているようで、朝比奈さんと犬について語っていた。俺としても忘れていてくれたほうが助かるから、ヘタなことは言わずにおく。

集合地点の駅前に戻るより早く、俺たちはなし崩し的に散会することになった。ハルヒと長門と朝比奈さんは一つ手前の駅で降りるほうが家に近く、まだ昼過ぎだったがシュークリームで腹は膨れていたし、猫を連れて飲食店に入るのは俺が遠慮する。

なので、今日のSOS団的活動は以上で終了だ。

俺と同じ改札を通り、同じ駅に降り立ったのは古泉一人だった。

自宅に向かって歩く俺の横に、古泉が同じ歩調でくっついている。お前の住んでるとこはこっちだったか？

何かと目立ったりかしましいSOS団女子団員たちと離れ、超能力野郎と二人で歩いていると無性に目や耳が寂しくなるな。

「今日はお疲れ様でしたね」

古泉にそう言われても単なる社交辞令にしか聞こえんぜ。

「何しろ問題の原因が難解極まるものでしたから。シャミセン氏にもご出張いただきましたしね。それにしても本当に長門さんには色々助けられます。そういえば去年も似たようなことがありましたね。喜緑さんが訪れて、僕たちはコンピュータ研の部長さんを情報生命体から救い出した……。僕たちのところに来る依頼は長門さん絡みのものが多いと思いませんか？」

「何が言いたい」

「長門さんがSOS団にいるのは最早必然だということです。僕の単なる感想ですけどね。むしろ言いたいことは、あなたのほうが多いのではないかと睨んでいるのですが」

俺が思うことなんてそんなにないぜ。あえて感想を言うとしたら、カマドウマ寄生体といい、今回のやつといい、まるで磁石に引き寄せられる砂鉄のように宇宙から地球にやって来るのはどういう理屈だ？　それを言えば長門もそうか。だが長門はハルヒがいたからで――。

俺はハタと立ち止まる。

ハルヒ。

それが答えなのか？　ハルヒが発したという情報爆発が原因で情報統合思念体は長門を送り込んできて、どちらかというとそれは能動的な行為だ。逆にコンピ研の部長の部屋をあんなふうにしたり、珪素にくっついて落ちてきた精神ウイルスもどきの狙いがハルヒにあったとは思えない。前者に至っては、地球に来たのが何百万年も前だと長門が説明してくれたしな。

もし、ハルヒの無意識が時間を遡ってそんな過去にまで作用するようなものなんだったとしたら、かなりの勢いで話がぶっ飛びすぎている。だが、朝比奈さん……未来人がこの時代に来ているということは――。

俺が心持ち真剣に考えていると、まるで俺が自分の思考を独り言で呟いていたのを聞いたように、あるいは俺が頭を巡らすのを邪魔するようなタイミングで、

「偶然だと思いますか？」

黙っていればいいものを、喫茶店のウェイターが客のオーダーを確認するような口

調で古泉が声をかけてきた。俺は古泉が何を言い出すか、予感めいたものを感じつつ、

「はっきり言えよ。お前相手に腹のさぐり合いをするつもりはねえ」

「わざわざ僕たちの住む街に宇宙生命体が落ちてきて、その精神寄生体が北高の生徒の飼い犬に取り憑き、さらに阪中さんは事前にSOS団に相談に訪れており、たまたま出張って行った僕たち……長門さんが真相に気づいて事件を処理する。これらがすべて並立的に起きた偶発的産物なのだとしたら、それらは天文学的な確率でしか複合しえません」

そう言われると反論したくなるのが俺の性分だ。ハルヒの肩を持つわけじゃないが。

「だから天文学的だったじゃないか。結果的に二種類の宇宙人モドキが介在していたしな。これが偶然じゃなかったから何なんだ。お前のミステリ劇のように、長門がシナリオを書いていたとでもいうのか」

「それはないでしょうね。やったのだとしたら情報統合思念体本体か、まだ未知なる別口の異星人でしょう。涼宮さんが望んだことでもないことは確かです」

なぜ解る。春休みまでヒマを持てあましつつあったあいつがここらで一つ事件でも――と考えて、それが実現しただけかもしれないじゃねえか。

「言ったでしょう？　涼宮さんの精神はどんどん平穏になっています。それこそ拍子抜けするくらいにね。そして、それが問題なんです」

俺は黙ったまま先を促し、古泉は唇を指でなぞりながら、

「涼宮さんが大人しくしていたら面白くない何者かがまだいるのかもしれません。情報フレア、時空震、閉鎖空間。なんでもいいですが、とにかく彼女の持つ分析不能な能力を発現させたいと思う一派がどこかの分野にいるのかもしれないのですよ」

古泉の笑顔がだんだん違うものに見えてきた。朝倉涼子のイメージとダブる。

「ですから、今回の事件はなんらかの予兆なのかもしれません」

何のだよ。なんでもかんでも予兆にしていいってんなら、俺だって今すぐ予言者の看板を出してノストラダムス二世を名乗れるぜ。

古泉はシニカルなスマイルを浮かべ、

「宇宙からの来訪者がこのタイミングで来たのは偶然では説明がつきません。あなたは知っているはずですよ。宇宙人と呼ぶべき存在、それも僕たちのごく近くに潜んでいるであろう地球外知性がTFEI、何も統合思念体の人型端末に限った話ではないということをね」

「ちっ」

あまり芝居的なことはしたくなかったが、俺は顔をしかめて舌を打った。古泉、お前がたまに見せる偽悪的な言動には付き合いきれん。長門を人型端末と呼びたいならそうするがいいさ。事実なんだしな。だが、

「俺は、お前が他の宇宙人に心当たりがあるってほうが気がかりだぜ」

『機関』はいろいろな情報源を持っていますからね。僕の知り得ることもおのずと多様性を持つのです。すべてとは言いませんが。ですが、まあ。そうですねぇ」

やっと古泉の微笑がノーマルモードに変化した。

「別口の宇宙人は長門さんにお任せしますよ。僕は『機関』のライバル組織のほうに重点を置くことにします。またそろそろ何かをしかけてくる予感がするのでね。同様に、別種の未来人は朝比奈さんに何とかしてもらいましょう」

古泉の表情からは真剣味が感じられなかったが、同感だな。ただし今の朝比奈さんではなく、もっと未来の朝比奈さんにだが。

長門に関しては心配無用だ。今のあいつほど強い自己意識を持っている存在はないと俺が太鼓判を押してやれる。いざとなったら古泉、お前も俺と一緒に走り回ってもらうぜ。必要なら何度でも繰り返してやる。あの雪山での約束を忘れたとは言わせん。

「覚えていますよ、もちろん。忘れたとしてもすぐに思い出させてくれるんでしょう？　あなたが」

爽やかな微笑で応じ、古泉は手を広げた。

「その時が来たら、ね」

「あ、おかえりー」

部屋に戻ると、妹が俺のベッドに寝そべって俺のマンガを読んでいた。

「シャミ持ってどこ行ってたのー？」

俺は答えず、キャリーボックスからシャミセンを出してやった。即座にベッドに駆け上がり、妹の背中に乗るとマッサージするように前足踏み踏みをし始める三毛猫。

妹はくすぐったそうに笑いながら足をパタパタさせて、

「キョンくん、シャミ取ってー。起きれないー」

猫を抱き上げ、妹の傍らに置いてやる。現在小学五年生十一歳、そろそろ小学校でも最高学年にならんとする我が妹は、マンガ本を放り出すと布団の上にうずくまるシャミセンをめったやたらに触りつつ、鼻をくんくんさせて、

「甘い匂いがするっー。なーにー？」

俺は土産にもらった阪中母手製シュークリームを渡してやった。喜びいさんでパクつき始める妹を横目に、俺は机の上に置いていたハードカバー本を取り上げた。

一週間くらい前だ。学期末考査の終わった頭をクールダウンでもさせようと部室の本棚にあった長門の所蔵本を借りてきたやつである。「なんか面白い本ないか。今の俺の気分にぴったりなものは」という俺の問いに、長門は五分ほど棚の前で硬直して

れ以上はなかった。それまで俺がいたが、おもむろにこれを俺に突きつけた。まだ中盤までしか読めていないが、それは高校生から大学生に至る二人の男女が織りなす恋愛小説らしく、SFでもミステリでもファンタジーでもない、ごく普通の世界の物語で、様々な意味でその時および現在の俺の気分に合致していた。長門は獣医師でもアロマセラピストでも占い師でもなく、将来は司書になるべきだ。

俺はベッドに寝ころんで本を読み始め、妹は二個目のシュークリームを持って飲み物を探しに台所へ降りていった。

どれほどの時間が経過しただろう。

読書に没頭していた俺がふと気づくと、シャミセンがドアをカリカリ掻いている。これを開けてここから出せというシャミセンの意思表示である。いつもはこいつが出入りできるように半開きにしてやっているのだが、妹が出た拍子に閉じてったようだ。

俺は本に栞を挟み、猫のために扉を開いてやる。シャミセンはするりと隙間から廊下に出ると、振り返って礼でも言うようにニャアと鳴く。そして振り返った顔をそのままにして、俺の肩口の上を凝視した。その視線の先を読んで俺も振り返る。

天井の片隅だ。何もない。いない。

シャミセンは天井の角に向けていた丸く開いた目を、ゆっくりと動かした。視線の終着点には外側の壁がある。まるで俺には見えない何かが天井から壁をすり抜けて出て行ったような、そんな目の動きだった。

「おい」

だが、シャミセンがそうしていたのも数秒で、俺の問いかけを聞いたのはやつの尻尾の先だけだ。てってってっと歩く音が遠ざかる。台所に行った妹につられて、自分もエサをもらおうとしているんだろう。

俺は猫が入って来やすいように隙間を残して扉を閉め、さっきのシャミセンの挙動がありがちなことを思い出した。動物というのは人が見逃しがちな小さい物に反応したり、外の小さな物音にもピクリとするものさ。

だが、もし。

人には見えないがシャミセンには見えるようなモノがそこにいたのだとしたら。その透明な何かが俺の部屋の天井に張り付いていて、ふよふよ漂うように壁を素通りして行ったんだとしたらどうだろう。

——幽霊はいるのか？

——それは禁則。

何百万年か、何千万年かの昔、地球に犬を宿主にせず、人類を選択するような情報生命素子が降ってきたのだとしたらどうだろう。人のほうもルソーみたいな拒否反応を見せず、普通に共生した可能性は完全にゼロだと言い切れるだろうか。それによって原始の初期人類が知恵をつけたのだというのは飛躍のしすぎか？　だとしたら、長門の親玉が不思議がるような有機生命体が知性を身につけることだってできたのかもしれない。自力ではなく、地球外からの思わぬ贈り物によって。

　俺が思いつくようなことを統合思念体とやらが考察済みでないのは不自然だが、ミトコンドリアが元々自前のものではなかったように、いつの間にか体内に組み込まれてしまった精神共生体が太古の昔に猿よりちょっとマシ的な脳みそに入り込み、今まで連綿と受け継がれているんだとしたら、一応の筋は通る——。

「なんてな」

　ってこんなん俺が考えるのは、実にらしくない。人は自分の持つ想像力以上のものを想像できたりはしないものだ。ましてや俺においておや、だ。こ難しいトンデモへ理屈の思索担当は古泉一人に任せておこう。あいつが異星人対策を長門に一任したように、こっちは聞き役に回らせてもらおうじゃないか。古泉がたまに見せる人を食ったような言質の本質だって解ってるんだ。そのうちボクは掌を返すかも知れませんよ、と、あたかも忠告せんかのようなセリフの数々は、全部アリバイ工作に過ぎないんだろ？

　悪いが古泉、アリバイってのは崩されることが前提になってるものなのさ。俺やハルヒに浅知恵じみた陳腐なエクスキューズは通用しねえ。

それに、だ。もし古泉が『機関』とかの陰謀で身動きが取れなくなったとしても、俺にはまだ手が残っている。そうなりゃ全知全能を尽くし、土下座してでも鶴屋さんを引っ張り込むだけのことだ。あの明るくも天才的な先輩が存分に辣腕を振るい笑顔のまま暗躍するようなことになれば、さぞかし『機関』とやらのトップも困惑顔をみせるだろうぜ。

どうやってそうするか、そうなったらどうなるかは脳みそ一ミリぶんも考えが及ばないんだが。今のところは、という但し書き付きで。

「……やっぱ、あれこれ考え込むのは俺の性分じゃねーな」

まあ、いいさ。俺が俺以外の誰にもなれないように、俺の頭ん中にある意識は他の誰のもんでもなく、イッツオールマイン、俺だけのもんだ。

だから、いまさら返せと言っても返済期限はとうに時効の彼方だぜ。

と、そうやって俺がやくたいもないことを考えていると、机の上の携帯電話がブルブル震えだした。まさか先取りした知恵の督促電話ではあるまいなと手に取ると、発信元にはハルヒの名。

「何だ」

『ねえ、キョン。大切なことを忘れていたわ』

前置きもなしに用件に入るのがハルヒ流電話作法である。

『J・Jとマイキーが治ったのはいいけどさ、どうしてあんなヘンな心の病気に罹ったんだと思う？　あたしが思ったのはね、あの二匹は本当に幽霊を見たショックであぁなっちゃったのよ！』

ほらな、古泉。俺が事後処理について思い悩んでいたのが解っただろう。こいつはこういうことを思いつくやつなんだよ。

『たぶん、あたしたちが行った散歩道に一週間くらい前までいたんだわ。あたしの読みではまだ成仏していないわね。きっと浮遊霊になってあっちこっちをブラブラしているに違いないの』

「なんの幽霊か知らんが、さっさと極楽浄土に行かせてやれよ」

『だから明日、また全員集合！　今度こそ幽霊と記念撮影しないと』

「幽霊とどうやって肩を組むつもりだ」

『日中じゃダメね、きっと。夜にしましょう。この世に残った霊が会合を開きそうな所を探して、そこで写真を撮りまくるのよ。そしたら二、三枚くらい写ってくれるわ』

ハルヒは一方的に集合時間を告げると、俺の日曜の予定も聞かずに電話を切った。数秒後には他の団員にも招集電話がかけられるのは間違いない。どうやら明日の不思議探索パトロールは、深夜の心霊スポットめぐりになりそうだ。

俺は携帯を置いて、再び部屋の隅を眺めた。

阪中の持ってきた幽霊話は、犬の不具合を経由して最終的に長門の管轄で終わった。幽霊などの介在がなかったことを俺は知っているし、古泉にも解っている。しかしハルヒの頭にはまだその言葉は数時間を経て思い出すくらいには残っていたらしい。団長殿は宇宙から来たナントカ生命体ではなく、今度こそ本家本元の幽霊をお望みだ。

ともあれ、市内地図を開いて印をつける役目は古泉に委託しよう。万が一、リアルな心霊写真が撮れてしまったら科学的なイイワケをする役もな。俺は暗がりを歩く朝比奈さんが風の音にビクついて、すがりつかれる役を買って出るつもりだ。

夜道をねり歩きながらところかまわず記念撮影する謎の一団か。ハタ目から見れば、写るはずのない幽霊を求めて彷徨う俺たちのほうがよほど怪奇かもしれん。それでも、そろそろ暖かくなる季節だし、「春ですから」の一言で説明終了できようというものさ。いざとなったら朝比奈さんに巫女姿で般若心経唱えてもらえばいい。それでハルヒ的には除霊が完了する。

それにマジもんの幽霊がいたとしても、ちょっと歩いただけで出くわすほどそこらに群れているわけはないだろう。ハルヒだって本当に会いたがっているわけじゃない。もう一年近くハルヒを見ていればそのくらい解る。あいつが好きなのは幽霊なんかではなく、幽霊をみんなで探すという行為なのだ。

だが、まあ、俺としては――。

「別に出てきても構わないぜ」

シャミセンが眺めていた天井にそう呟きかけつつ、俺は読書の続きに戻った。本の中には、俺の周りに広がっているものよりよほど常識的な現実があった。

しかし、だからと言って、そんな現実的な現実が羨ましいとも感じないんだ。

今の俺にはね。

解説

宇野常寛

「ただの人間には興味ありません。この中に宇宙人、未来人、異世界人、超能力者がいたら、あたしのところに来なさい。以上」

この文庫本を手にした若い読者のうち、ほとんどがこれらの単語――「宇宙人」「未来人」「超能力者」――があの頃持っていた特別な意味のことを知らずに、ハルヒたちの物語に触れていったのだと思う。

1978年生まれの僕は作者の谷川流さんの8歳下で、昨年ついに40歳になってしまった。そんな僕がまだ20代だった頃、はじめてこのシリーズの最初の一冊『涼宮ハルヒの憂鬱』を一読したときに最初に思ったのは、「ああ、いたな。こういう女の子」ということだった。誤解しないで欲しい。それは決して僕の周囲をハルヒを始めとするSOS団の美少女たちが取り巻いていた、なんてことではない（あるわけがない）。そうではなくて、ハルヒのように想像力と感受性が豊かで、そのせいで学校の人間関係みたいな俗っぽいことには無関心で、結果的に寂しい毎日を送っている女の子が（いや、男の子も）クラスに一人か二人は必ずいたな、と思ったのだ（かくいう僕も、そんな寂しい生徒の一人だったのだと思う）。そして、そんな寂しい生徒は結果的に、何割かの確率で「宇宙人」や「未来人」や「超能力者」や、さらには「UFO」や「埋蔵金」なんてものも信じていたものだった。

いまとなっては、これらのものに関連性を見出すことすら、もしかしたら難しいかもしれない。しかし、当時はこれらのものは「オカルト」というひとつのジャンルだったのだ。

あの頃（1970年代から、90年代の半ば頃まで）先進国の消費社会を生きた若者たちは、現実感を欠いた幸福と絶望未満の生ぬるい失望の中を生きていた。「モノはあっても物語のない」消費社会。若者たちが革命で世界を変えようと考えていた時代は遠い過去のものとなり、資本主義の発展が貧困と紛争を社会から（相対的に、しかし大きく）解消していった。それは文句なしに素晴らしいことであるその一方で、若者たちを慢性的に（そう、ハルヒのように）「退屈」させていった。「オカルト」は、宇宙人や未来人や超能力者や埋蔵金や心霊現象は、平和で豊かな現実に退屈しきった僕らにとって、この世界の外側を感じさせてくれる数少ない存在だった。あと、30年早く生まれていたら僕らは革命や反戦運動で「社会を変える」ことに夢中になれる青春期を過ごせたかもしれない。しかし、僕たちは間に合わなかった。僕が物心ついた頃には、むしろ革命で世界を変えるのではなく、（どうせ現実の世界は変わらないので）文化を心の中にインストールして世界の見方を変えるほうがメジャーな生き方だった。その中でも徹底してこの現実の退屈さと戦うことを選択したのが「ハルヒのような」オカルト好きの少年少女たちだったのだ。

「もう〝デカイ一発〟はこない。22世紀はちゃんとくる（もちろん21世紀はくる。ハルマゲドンなんてないんだから）。世界は絶対に終わらない」。これは1993年に話題をさらった鶴見済（つるみわたる）の『完全自殺マニュアル』の「はじめに」の、有名な一説だ。ここでいう「一発」はこの直前まで続いていた冷戦下で真剣にその可能性が恐れられていた核戦争＝世界の終わりのことだ。そして同時に「世界の終わり」とは、この平和で豊かな消費社会——社会学者の宮台真司（みやだいしんじ）は「終わりなき日常」と形容した——に退屈しきった僕らを連れ出してくれる「何か」の象徴だった。『風の谷のナウシカ』しかり、『北斗の拳』しかり、当時（20世紀最後の四半世紀）のサブカルチャーが「最終戦争後の未来」という舞台設定を反復していったのは、それが、もしかしたら本当に訪れてくれるかもしれない「世界の終わり」として、ギリギリ信じられる設定だったからだ。それくらい、当時の若者たちはこの「終わりなき日常」に退屈していた。僕がはじめてこのシリーズを読んだとき、ハルヒの退屈に「懐かしさ」を覚えてしまったのはそういうことだ。僕たちは虚構の世界に、この「終わりなき日常」の外部を求めていた。

引用した『完全自殺マニュアル』の「はじめに」はこう続く。「ちょっと〝異界〟や〝外部〟に触ったくらいじゃ満足しない。もっと大きな刺激がほしかったら、本当に世界を終わらせたかったら、あとはもう〝あのこと〟をやってしまうしかないんだ」。そう、この頃には——冷戦も終わってしまった1990年代には、もう、オカルト的なものは「ちょっと〝異界〟や〝外部〟に触ったくらいじゃ満足しない」ものになっていた。カジュアルなオカルトサークルとして出発したはずのオウム真理教が、虚構と戯れることで自分を慰めるだけでは満足できなくなり「世界の見方を変える」のではなく「世界を変える」ことを選択して未曾有のテロ攻撃を首都に行うのはその2年後の話だ。だから『完全自殺マニュアル』の著者は「オカルト」を含むサブカルチャーの失効を宣言する。そんなものはもう効かない。虚構は現実に敗北した。だからもう「あのこと」(自殺)をするしかないのだ、と。

しかし、ほんとうにそうだろうか。虚構は現実に敗北し、「世界を変える」のではなく「世界の見方を変える」生き方はもう、時代遅れなんだろうか。たしかに見方によってはそう考えられるのかもしれない。たしかに21世紀のいま、政治ではなく経済で、革命ではなくビジネスで、再び「世界を変える」思想のほうが力を持っている。あの頃の僕たちと、ハルヒと同じように現実に失望したカリフォルニアのヒッピーたちが、現実ではなく虚構として愛したコンピューターカルチャーがいま、グローバルな資本主義と結託することで、国家を超えて世界中の人間の社会とライフスタイルを、それも驚くほど短い時間で変える力を手にしている。いまは間違いなく、再び「世界を変える」思想が力をもつ時代だ。

けれど、僕の考えではそれは「虚構」の敗北を意味しない。この時代にはこの時代なりの虚構の、宇宙人の、未来人の、超能力者のできることがある。僕がこの「涼宮ハルヒ」のことを考えるたびに思い出すのはこのことだ。

ハルヒは、単に寂しいだけだ。彼女は「神様」なのかもしれないが、そんなことは関係ない（というのがこの作品の素敵なところだ）。本当は宇宙人も未来人も超能力者も必要としていない。その証拠に、SOS団で青春できて、文化祭のステージで歌って、喝采（かっさい）を浴びればそれなりに満足してしまっている。いまのハルヒは何も「退屈」なんかしていない。あとはキョンと付き合えれば何も文句はないだろう（だったら最初から、理想の青春を描いてしまえばよいと舵を切ったのが少し前の「日常系」アニメブームだったのだと思う）。

しかし、このとき宇宙人や未来人や超能力者への憧れがあるからこそ、ハルヒは「あのこと」をすることなくこの世界を祝福することができたのだ。そう考えることはできないだろうか。たしかに昔の、もっと若い頃の僕ならそんなローカルかつソーシャルな（「教室」的な）人間関係のことしか考えられない程度の人間には、思想も文学もサブカルチャーも必要ない、Facebookの「いいね」で十分なのだと吐き捨てていたかもしれない。でも、いまの僕はこうした現実を祝福するための虚構という回路を、否定したいとは思わない。「リア充に舵を切るための口実」としてのアニメやライトノベルを一概に否定したいとは思わない。たしかにあの頃の（オカルトやアニメが代表していた）サブカルチャーは一度負けてしまったかもしれない。しかし、その批判力は形を変えていまも生き残っている。2006年に「涼宮ハルヒの憂鬱」がアニメ化されて、エンディングのダンスアニメーションを真似て踊る若者たちが、めいめい撮影した動画をアップしていったとき、そこには確実に一種の「救い」があった。それは間違いない。ハルヒのように「虚構」に逃避することで「現実」にはじめて接続できた若者たちが、当時（いや、いまも）たくさんいた（いる）はずなのだ。

この原作小説のシリーズが、ハルヒたちの物語がいまだに完結しないことを残念に思っている読者も少なくないことは知っている。けれど、僕はこの物語は完結（してほしいけれど、もちろん）しなくてもいいのだと最近思い始めている。なぜならばハルヒとは、当時「ハレ晴レユカイ」の動画をアップしていた若者たちの分身に他ならないからだ（それが現実を祝福するための虚構というものだ）。そして彼らの人生が否応なく続いている限り、それはハルヒたちの物語が続いていくことと限りなく同義なのだから。

本書は、二〇〇六年五月に角川スニーカー文庫より刊行された作品を再文庫化したものです。

涼宮ハルヒの憤慨

谷川 流

平成31年 4月25日　初版発行
令和6年 11月15日　再版発行

発行者●山下直久

発行●株式会社KADOKAWA
〒102-8177　東京都千代田区富士見2-13-3
電話　0570-002-301（ナビダイヤル）

角川文庫 21557

印刷所●株式会社KADOKAWA
製本所●株式会社KADOKAWA

表紙画●和田三造

●お問い合わせ
https://www.kadokawa.co.jp/（「お問い合わせ」へお進みください）
※内容によっては、お答えできない場合があります。
※サポートは日本国内のみとさせていただきます。
※Japanese text only

ISBN 978-4-04-107421-3　C0193